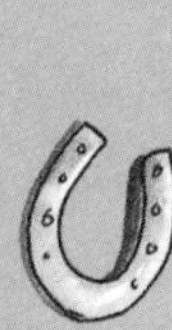

Die besten Leselöwen Pferdegeschichten

Loewe

ISBN 978-3-7855-6655-8
1. Auflage 2009

Umschlagillustration: Dagmar Henze
Reihenlogo: Angelika Stubner
Printed in Germany (021)

www.leseleiter.de
www.loewe-verlag.de

Inhalt

Der Pferdeklub im Einsatz

Auf dem Reiterhof Friesenberg ist heute Nachmittag ein Fohlen zur Welt gekommen. Malte, Andi, Inka und Nora dürfen es nach ihrer Reitstunde anschauen. Alle vier sind völlig außer sich. Das Fohlen sieht aber auch so süß aus! Wie es da steht auf seinen hohen dünnen Beinen, mit seinen großen Ohren und mit dem kurzen struppigen Fell.

Doch Herr Braun, der Besitzer des Reitstalls, sieht besorgt aus. Inka fragt ihn, wie er bei solch einem schönen Fohlen so ernst sein könne. Herr Braun schüttelt den Kopf und sagt: „Es trinkt nicht.“

Da fällt es ihnen auch auf. Ein Fohlen trinkt eigentlich sehr bald nach der Geburt bei der Mutter. Dieses Fohlen ist aber jetzt schon eine Stunde alt und ist noch nicht zur Mutter gegangen.

„Können wir helfen?“, fragt Andi ganz vorsichtig.

Die vier Freunde haben nämlich vor einiger Zeit einen Pferdeklub gegründet, der sich immer nach der Reitstunde trifft. Dann sprechen sie über Pferde. Aber sie wollen sich auch nützlich machen.

„Wir könnten doch das Fohlen ganz vorsichtig zur Stute führen“, schlägt Malte vor.

Herr Braun nickt. Sie versuchen es mit Herrn Braun zusammen, ganz vorsichtig. Aber das Fohlen trinkt nicht.

„Wir geben nicht auf, wir versuchen es gleich noch einmal“, meint Nora.

Dieses Mal scheint sich das Fohlen ganz langsam an das Euter heranzutasten. Aber dann bewegt sich die Mutter und es schreckt zurück.

Herr Braun erklärt ihnen, dass diese erste Milch der Stute wichtig ist für das Fohlen. Sie enthält viele Vitamine und Antikörper, die das Fohlen vor Krankheiten schützen. Spätestens vierundzwanzig Stunden nach der Geburt muss das Fohlen diese Milch trinken, sonst lässt ihre Wirkung nach.

Während er geredet hat, hat Herr Braun immer wieder auf seine Armbanduhr geschaut. „Eigentlich müsste ich jetzt weg“, sagt er besorgt. „Ich habe einen dringenden Termin.“

Die Freunde sehen sich an. „Sie können gehen“, sagt Inka dann. „Wir bleiben hier. Der Pferdeklub hält Wache.“

Als Herr Braun gegangen ist, probieren Nora und Andi es noch mal. Nora singt dazu eine leise Melodie. Das Fohlen schnuppert, es nähert sich, es berührt das Euter. Die Kinder warten gespannt.

Ja, das Fohlen nimmt das Euter! Es trinkt! Andi hält den Finger vor den Mund.

Das heißt: „Leise bleiben, nicht jubeln.“
Sonst erschrickt das Fohlen vielleicht.

Die Mutter wiehert. Das Fohlen wiehert zurück und lässt dabei natürlich los. Die vier sind enttäuscht. Aber Malte erklärt den anderen, dass diese Antwort des Fohlens die Beziehung zwischen der Mutter und dem Fohlen vertieft. Das hat er in einem Buch gelesen.

Doch nun hat sich das Fohlen wieder von der Mutter entfernt und lässt sich nicht mehr in ihre Nähe locken. Den vieren bleibt nichts anderes übrig, als abzuwarten. Sie setzen sich in einiger Entfernung ins Stroh und beobachten die Stute und ihr Fohlen. Doch nichts passiert. Schließlich wird es ihnen langweilig und sie beginnen, sich leise zu unterhalten.

Und dann, als sie einen Augenblick lang nicht hinsehen, passiert es. Andi bemerkt es als Erster. Plötzlich grinst er.

Als sich die anderen umdrehen, möchten sie am liebsten alle rufen: „Es trinkt, es trinkt ganz alleine!“ Und wirklich: Da steht das Fohlen auf seinen langen wackeligen Beinen bei der Mutter und trinkt!

Opas Geschenk

Ein Tag ohne Carlotta? Das konnte sich Jenny nicht vorstellen. Und auch für Carlotta war ein Tag ohne Jenny undenkbar. Das lag daran, dass sie die allerbesten Freundinnen und beide ganz verrückt nach Pferden waren. Und dass sie im selben Monat Geburtstag hatten: Jenny am 14. Mai und Carlotta am 27. Mai.

Als Jenny ihren achten Geburtstag feierte, lud sie alle ihre Freundinnen und natürlich Carlotta ein. Auf den Einladungskarten stand als Motto „Pferde". Carlotta verkleidete sich als Reitlehrerin und Jenny als Stallbursche.

Das Fest war toll. Sie aßen zusammen Hufeisen-Kuchen, machten Pferdespiele und galoppierten durch die Wohnung. Dann durfte Jenny endlich ihre Geschenke auspacken. Das größte Paket war von ihren Eltern. Kaum hatte Jenny es geöffnet, ließ sie einen Schrei los: „Jaaaaa!“

„Zeig doch mal her“, sagte Carlotta und griff nach der Schachtel. Dann ließ sie auch einen Schrei los: „Jaaaaa!“

Das Geschenk war ein Spielzeug-Reitstall mit zwei großen Boxen, einem Heuboden, jeder Menge Zubehör und natürlich mit Pferden. Carlotta und Jenny hatten den Stall schon oft im Schaufenster vom Spielwarenladen bewundert. Und jetzt hatte Jenny ihn zum Geburtstag bekommen!

„Kommt, wir bauen ihn gleich auf“, sagte Jenny.

„Au ja!“, riefen alle.

Sie setzten sich auf den Boden und beugten sich über die Einzelteile. Schnell hatten sie den Stall zusammengesetzt und fingen an zu spielen. Der Nachmittag verging wie im Flug. Am liebsten hätte Carlotta den ganzen Abend mit Jenny und

den anderen weitergespielt, aber schon bald kam ihre Mutter und holte sie ab.

Beim Abendessen erzählte Carlotta begeistert vom Geburtstag ihrer besten Freundin. „Ich will auch so einen Reitstall wie Jenny. Bitte, ich hab doch auch bald Geburtstag!“

Papa tauschte einen Blick mit Mama und seufzte. „Ich weiß nicht.“

Und Mama sagte: „Mal sehen.“

„Bitte!“, sagte Carlotta noch mal. Aber dann blieb ihr nichts anderes übrig, als zu warten. Die Tage bis zu ihrem Geburtstag zogen sich ewig dahin.

Endlich war es so weit. Carlotta wachte schon ganz früh auf und rannte in die Küche. Opa war da, auf dem Kuchen brannten acht Kerzen, und auf dem Tisch lag ein großes Geschenk. Carlotta stürzte sich darauf. Ungeduldig zerriss sie das Papier. Aber es war nicht der Reitstall, es war bloß eine leere Kiste aus Holz.

„Was ist das denn?“, fragte Carlotta.

Opa lächelte. „Daraus basteln wir einen ganz tollen Reitstall.“

„Basteln?“, sagte Carlotta. Sie wollte keinen gebastelten Reitstall, sie wollte den echten, genau so einen wie Jenny hatte.

„Freust du dich?“, fragte Mama und Opa sah sie erwartungsvoll an.

Carlotta nickte, aber sie freute sich kein bisschen.

In der nächsten Woche kam Opa jeden Tag und bastelte zusammen mit Carlotta. Zuerst verwandelten sie mit der Laubsäge die Holzkiste in ein Stallgebäude.

Der Stall war groß, aber er sah natürlich ganz anders aus als der von Jenny.

„Ich kümmere mich jetzt um den Heuboden“, sagte Opa. „Willst du inzwischen mit einem Pferd anfangen?“

„Hm“, sagte Carlotta. Eigentlich hatte sie keine Lust, aber sie wollte Opa nicht enttäuschen.

Aus brauner Knete formte sie einen Pferdekörper. Dann klebte sie aus goldener Wolle Mähne und Schweif daran.

„Toll machst du das“, lobte Opa.

„Danke“, sagte Carlotta. Das Pferd sah wirklich nicht schlecht aus. Und sie wusste auch schon, wie es heißen würde: Goldfee.

Je länger Carlotta bastelte, umso mehr Spaß hatte sie daran. Langsam sah die Holzkiste auch wie ein echter Reitstall aus. Obwohl er natürlich mit Jennys tollem Stall nicht mithalten konnte.

Und dann kam der Tag, an dem alles fertig war.

„Willst du nicht Jenny einladen und ihr den Stall zeigen?“, fragte Opa.

„Ja, schon …“, murmelte Carlotta und kaute auf ihrer Unterlippe. Was Jenny wohl sagen würde?

Jenny kam, und Carlotta führte sie in ihr Zimmer. Jenny starrte den Reitstall mit offenem Mund an.

„Was ist?“, fragte Carlotta unsicher. „Er gefällt dir nicht, oder?“

Jenny schüttelte den Kopf. „Doch, und wie! Er ist super. Und die Pferde sind noch schöner als meine. Besonders das mit der goldenen Mähne.“

„Das ist Goldfee“, sagte Carlotta stolz.
„Lass uns gleich spielen“, sagte Jenny.
Carlotta ging zur Tür. „Warte kurz! Ich hole Opa. Der muss unbedingt mitspielen.“ Dann rannte sie lachend aus dem Zimmer.

Tim lernt reiten

Anna hat einen behinderten Bruder. Tim hat leichte Spasmen, das sind Krämpfe, in den Beinen. Deshalb kann er nur schlecht laufen. Er ist neidisch auf Anna, die seit fast einem Jahr Reitstunden hat. Tim möchte nämlich auch so gerne reiten! Und jetzt hat Anna zusammen mit Lukas, Benno und Luisa auch noch einen Pferdeklub gegründet!

Da haben Anna und die anderen zu Weihnachten eine Superidee. Sie

schenken Tim vom Pferdeklub ein paar Reitstunden mit zwei von ihnen als Helfern. Das haben sie natürlich vorher mit der Reitlehrerin besprochen.

Beim ersten Mal ist Tim total aufgeregt. Anna und Lukas führen ihn langsam an das Pony heran, das im Hof angebunden ist. Es heißt Charly. Als Erstes lernt Tim, Charly zu putzen. Mit Annas Hilfe fährt er vorsichtig mit dem Striegel am Hals entlang. Anna merkt, dass Tim noch Angst hat. Bei jeder Bewegung von Charly zuckt er zusammen. Doch langsam fasst Tim Vertrauen.

Als Charlys Fell sauber ist, traut Tim sich sogar schon, ihm selbst die Hufe auszukratzen. Das muss man immer vor und nach dem Reiten machen, erklären ihm Benno und Luisa.

Sie erzählen ihm auch, dass Charly ein Connemara-Pony ist. Er hat ein braunes Fell und eine schwarze Mähne und dazu noch einen schwarzen Schweif. Tim findet Charly wunderschön und Charly scheint auch sehr zufrieden zu sein, denn er schnauft glücklich vor sich hin. Ganz langsam und vorsichtig streichelt Tim das Fell. Mensch, fühlt sich das seidig an!

Auch die nächsten Stunden laufen super. Tim und Charly mögen sich, das merkt man ganz deutlich.

Dann ist es endlich so weit: Tim darf auf Charly sitzen, während Benno und Lukas das Pony führen. Aber dazu muss er erst mal in den Sattel kommen …

Tim hält sich am Sattel fest, steckt mithilfe der beiden Jungen seinen Fuß in den Steigbügel und zieht sich dann – mit gar nicht so viel Hilfe – hoch in den Sattel.

Tim schafft das wunderbar. Ganz weich landet er im Sattel. Jetzt kommt Frau Johannson, die Reitlehrerin, und zeigt ihm, wie er seine Beine und Hände halten soll.

Und los geht's! Tim jubelt, hat aber auch ein bisschen Angst. Was ist, wenn Charly ihn abwirft? Doch Benno und Lukas sind schließlich auch noch da. Langsam führen sie Charly durch die Halle. Tim strahlt.

Als Tim schon zwölf Mal im Reitstall war, beschließen seine Eltern, dass er weitere Reitstunden bekommt. Tim wird jetzt auch Mitglied im Pferdeklub! Er freut sich riesig. Anna und ihre Freunde sind stolz, dass sie diese tolle Idee hatten.

Und noch einer freut sich: Jedes Mal, wenn Tim in den Stall kommt, begrüßt ihn Charly mit einem fröhlichen Schnauben!

Die letzte Rettung

Emma, Jasper und Helene konnten gar nicht genug bekommen vom Reiten. Aber manchmal brauchten sogar sie eine kleine Pause. Dann gingen sie zu ihrem Lieblingsplatz, dem Heuboden. Vom Stall aus konnte man über eine Leiter hochklettern. Dort oben duftete es herrlich nach Heu, und es war supergemütlich.

Auch heute lagen die drei Freunde wieder im Heu, kitzelten sich gegenseitig mit Strohhalmen und guckten hinauf zum Dach. An ein paar Stellen blinzelte die Sonne durch, dort, wo das Dach undicht war. Der Ponyhof war nämlich schon ziemlich alt. Emma, Jasper und Helene dösten gerade ein bisschen vor sich hin, als sie unter sich plötzlich Schritte und Stimmen hörten.

„Ist es wirklich so ernst?“, fragte Kathrin.

„Ja, leider“, sagte Herr Leinisch.

Die Reitlehrerin und der Besitzer des Ponyhofs blieben unter dem Heuboden stehen. Emma, Jasper und Helene rührten sich nicht und lauschten.

„Der Stall müsste dringend renoviert und das Dach erneuert werden“, sagte Herr Leinisch. „Aber ich weiß einfach nicht, wo ich das Geld hernehmen soll. Es reicht sowieso schon hinten und vorne nicht.“

„Und was werden Sie jetzt tun?“, fragte Kathrin.

Herr Leinisch seufzte. „Wenn ich das wüsste! Ich bin am Ende. Wahrscheinlich bleibt mir nichts anderes übrig, als den Ponyhof aufzugeben und die Ponys zu verkaufen."

„Das wäre ja schrecklich!", sagte Kathrin und seufzte. Dann gingen die beiden weg.

Emma, Jasper und Helene sahen sich entsetzt an.

„Er will den Ponyhof schließen?", rief Jasper. „Das kann er doch nicht machen!"

„Dann können wir nicht mehr reiten", flüsterte Emma. „Und unsere Ponys sehen wir auch nie wieder."

Helene sprang auf. „Das dürfen wir nicht zulassen! Wir müssen etwas dagegen unternehmen."

Jasper nickte. „Wir müssen Geld sammeln. Vielleicht könnten wir in der Reitstunde mein Sparschwein herumgehen lassen."

Emma schüttelte den Kopf. „Das reicht nicht. Da müssten wir schon im Lotto gewinnen."

„Oder eine Bank ausrauben", sagte Helene. Jasper und Emma lachten.

Dann wurde Jasper wieder ernst. „Irgendeine Lösung muss es doch geben."

Plötzlich rief Helene: „Ich hab's! Wir machen ein großes Reiterfest, mit Essen und Trinken, Reiterspielen und einer Tombola."

„Ja, genau“, sagte Emma. „Und das Geld bekommt Herr Leinisch, damit er den Stall reparieren kann.“

Tolle Idee! Das mussten sie sofort Kathrin erzählen. Sie fanden die Reitlehrerin in der Sattelkammer.

„Wir müssen dir was Wichtiges sagen!“, rief Helene aufgeregt. Und schon sprudelte sie los.

Kathrin hörte mit großen Augen zu. „Super, das ist die Lösung! Am besten machen wir das Fest gleich nächsten

Samstag. Wenn wir alle zusammen helfen, schaffen wir es bestimmt."

„Aber Herr Leinisch darf nichts davon erfahren", sagte Jasper. „Es soll eine Überraschung sein."

Kathrin legte den Finger an die Lippen. „Das bleibt unser Geheimnis, großes Ehrenwort!"

In den nächsten Tagen gab es viel zu tun. Alle packten mit an, bastelten und sammelten für die Tombola und die Verkaufsstände. Einige Mütter backten leckere Kuchen, und eine Gruppe probte für eine Reiternummer. So kamen sie gut

voran. Zum Glück war Herr Leinisch viel unterwegs und bemerkte nichts von den Vorbereitungen für das große Reiterfest.

Am Samstag war es dann endlich so weit! Um Punkt drei Uhr holte Kathrin Herrn Leinisch aus seinem Büro.

„Was ist denn los?", fragte er verwundert.

Kathrin lächelte. „Herzlich willkommen zu unserem Fest! Alles, was wir heute verkaufen, bekommen Sie für Ihren Stall."

Es waren viele Leute aus dem Dorf gekommen und fast alle Kinder vom Ponyhof hatten ihre Eltern mitgebracht.

Herr Leinisch war ganz gerührt. „Danke, danke! Aber das ist ja … das ist …"

„… eine super Idee von Emma, Jasper und Helene", sagte Kathrin und klatschte in die Hände. „Und jetzt wünsche ich euch allen viel Spaß!"

Schnell flitzten Emma, Jasper und Helene zu ihrem Stand.

„Kauft Lose bei uns!", rief Emma. „Kommt zu unserer Tombola!"

„Hier gibt es tolle Gewinne!", rief Jasper. „Der Hauptgewinn ist ein Gutschein für Reitstunden auf dem Ponyhof."

Neugierig kamen die Leute zum Stand.

Die Lose verkauften sich wie verrückt.
Plötzlich stand Herr Leinisch vor ihnen. „Kann ich auch ein Los haben?“
„Natürlich“, sagte Helene und hielt ihm die Losbox hin.
Herr Leinisch faltete sein Los auf. „Unglaublich! Das ist ja der Hauptgewinn!“, rief er. „Den schenke ich euch als Belohnung für eure tolle Idee.“
Emma, Jasper und Helene konnten es erst gar nicht glauben. Aber dann fielen sie sich vor Freude um den Hals.

Drei Streithähne

Julia, Suse und Nina haben sich vor einem Jahr beim Voltigieren kennengelernt. Jeden Mittwoch treffen sie sich beim Training. Julia und Nina sind immer schon früh da, Suse kommt meistens zu spät.

„Mensch, wo bleibt die denn?“ Nina schaut auf die Uhr.

„Keine Ahnung“, sagt Julia. „Aber wenn wir noch länger warten, fangen die anderen ohne uns an.“

Nina nickt. „Lass uns Lexi schon mal von der Weide holen.“

Die beiden führen ihr Voltigierpferd in die Stallgasse und fangen an, es zu putzen und zu striegeln.

„Lexi ist so ein liebes Pferd“, schwärmt Nina. „Und was für ein schönes, weißes Fell sie hat!“

Nina streicht Lexi über die Mähne. Lexi schnaubt zufrieden. Das mag sie ganz besonders gern.

Endlich kommt Suse angeradelt. „Von warten habt ihr wohl auch noch nichts gehört!“, schimpft Suse.

„Ach“, stichelt Nina. „Erst zu spät kommen und dann meckern.“

„Genau“, stimmt Julia ihr zu.

„Ihr seid so doof pingelig“, meint Suse und zieht den beiden ein Gesicht.

Da kommt Silke, ihre Trainerin. „Wo

bleibt ihr denn?“, fragt sie ungeduldig. „Wir fangen gleich an. Außerdem soll Lexi ja keinen Schönheitswettbewerb gewinnen.“

Nina wirft Suse einen bitterbösen Blick zu. Und Suse? Die streckt Nina einfach die Zunge raus. „Bäääh.“

Die Stunde beginnt. Zuerst machen sie ihre Lockerungsübungen. Das ist wie beim Sport in der Schule. Suse stößt dabei aus Versehen Julia an.

„He, kannst du nicht aufpassen?“

„War doch keine Absicht“, mault Suse grimmig.

Als Nächstes kommen die Übungen auf dem Pferd. Da Nina, Julia und Suse heute überhaupt nicht aufeinander eingestellt sind, kommen sie sich dauernd in die Quere. Nichts klappt. Alle schimpfen durcheinander. Und dann fällt Suse auch noch hin.

„Mann, Suse“, ruft Nina ärgerlich. „Geh doch einfach. Du störst!“

„Jetzt reicht's mir aber", ruft Silke und klingt dabei richtig böse. „Für euch alte Streithähne ist die Stunde zu Ende! Beim Voltigieren muss man miteinander arbeiten – nicht gegeneinander. Ich dachte, ihr seid ein Team?"

Aller Protest hilft nichts. Silke bleibt hart. Nina, Julia und Suse müssen gehen. Mit hängenden Köpfen ziehen die drei Mädchen ab. Eigentlich sind sie ja ein Team. Ein richtig gutes sogar.

„Die anderen sind bald so gut wie wir“, murmelt Nina.

„Ja, heute haben wir es echt vermasselt“, sagt Julia kleinlaut.

„Dann machen wir es nächstes Mal eben besser“, meint Suse. „Und ich komme auch nicht mehr zu spät. Versprochen!“

Die Mädchen geben sich die Hand. Und radeln zusammen nach Hause.

Der Pferdeklub rettet das Sommerfest

Heute haben Mark, Nils und Jessica ihre vierte Reitstunde.

Obwohl sie sich noch nicht lange kennen, sind sie schon richtig gute Freunde. Sie nennen sich selbst „Der Pferdeklub". Als Erstes üben sie wie jedes Mal, das Pferd zu führen.

Als sie schließlich aufsitzen, erklärt Frau Janosch, wie sie die Hände beim Führen der Zügel halten sollen. Jessica zeigt sie, wie sie die Füße parallel zum Körper des Tieres halten muss. Sie reiten im Schritt und im Trab hintereinander her. Die Stunde ist wieder mal wie der Blitz vorbei.

Aber in zwei Tagen werden sie zum Glück schon wieder auf dem Reiterhof sein. Denn da findet das große Sommerfest statt. Alle freuen sich seit Wochen darauf. Es gibt Führungen durch den Stall und für die Kleinen Ponyreiten in der Halle. Natürlich darf auch der berühmte Schokoladenkuchen von Frau Meier, der Frau des Reiterhofbesitzers, nicht fehlen.

Doch nach der Reitstunde erzählt ihnen Frau Janosch, dass Frau Meier krank ist. Sie liegt mit einer dicken Grippe im Bett.

„Und was wird aus dem Fest?“, fragt Mark besorgt.

Frau Janosch zieht die Schultern hoch: „Ich bereite das Ponyreiten und den Würstchenstand vor“, sagt sie. „Ich kann nicht noch beim Schmücken und in der Küche einspringen. Unmöglich.“

„Das könnten wir doch übernehmen“, überlegt Jessica.

„Aber keiner kann so guten Schokoladenkuchen backen wie Frau Meier“, meint Frau Janosch.

„Wir müssen es versuchen“, sagt Nils entschlossen.

Die drei laufen sofort zu Herrn Meier und schlagen ihm vor, morgen zu kommen und Kuchen zu backen. Und wirklich, er ist einverstanden!

Am nächsten Tag treffen sie sich gleich morgens in Frau Meiers Küche. Sie bekommen Frau Meiers Rezept und stellen alle Zutaten bereit. Sie rühren, vermischen, kneten.

Bis Jessica heimlich ein bisschen von dem Teig stibitzt und aufschreit. „Iiih!“

„Was ist denn?“, fragen Mark und Nils. Jetzt probieren auch sie. Die beiden Jungen verziehen angewidert das Gesicht.

Sie haben Salz statt Zucker in den Kuchen getan. Das ist eine Pleite! Sie müssen den ganzen Teig wegkippen. Sie haben ein richtig schlechtes Gewissen gegenüber Herrn Meier. Aber es nützt nichts, einen Schokoladenkuchen mit Salz kann keiner essen.

Jetzt passen Jessica, Mark und Nils aber auf! Sie probieren alles. Gut, dass Frau Meier so viele Zutaten eingekauft hat! Sie verrühren, vermengen, räumen sogar auf. Eine Stunde später duftet der erste Schokoladenkuchen im Ofen.

Herr Meier kommt herein, schnuppert und sagt: „Das riecht ja nach echtem Meiers Schokoladenkuchen!“

Stolz strahlen sich die drei Freunde an. Als sie dann aber den dritten Kuchen machen, geht ihnen fast die Puste aus. Doch fünf sollen es werden. Und sie schaffen es!

Jetzt müssen sie noch schmücken. Die langen Tische stehen schon im Hof. Darauf stellen sie bunte Lampions und Blumen. Sie basteln sogar noch Karten mit dem Rezept des Schokoladenkuchens. Nils malt ein großes Ratespiel mit Ratekarten zu allen Pferderassen, die sie schon kennen: Araber, englisches Vollblut, Haflinger, Islandpferd, Westfale, Friese, Hannoveraner.

Schließlich schmücken sie sogar die Eingänge zu den Ställen.

Am nächsten Tag kann sogar Frau Meier ganz kurz alles anschauen. Sie sieht noch sehr blass aus. Aber sie probiert den Schokoladenkuchen, klopft den dreien

auf die Schulter und sagt: „Danke, das habt ihr prima gemacht!“

Und als Belohnung bekommen die Mitglieder des Pferdeklubs von Frau und Herrn Meier einen Gutschein für zusätzliche Reitstunden!

Jola ist krank

„Jola! Jooooola!“, ruft Ben durch den Reitstall und wundert sich.

Normalerweise streckt Jola immer neugierig den Kopf aus ihrer Box und schnaubt Ben zur Begrüßung freudig zu.

Aber heute ist alles anders. Jola steht träge in der Ecke und bewegt sich kaum von der Stelle. Gefressen hat sie fast nichts, und ihr Atem geht schwer und langsam.

„Da stimmt was nicht", denkt Ben und gibt sofort Frau Hampel Bescheid. Ihr gehört der Reitstall.

„Du hast recht, Ben", sagt Frau Hampel. „Jola ist ganz heiß. Wahrscheinlich hat sie sich erkältet. Ich rufe gleich den Tierarzt."

Ben nickt. Arme Jola! Ob sie Schmerzen hat? Ben streicht ihr vorsichtig über den Kopf.

Da kommt der Tierarzt. Er untersucht Jola gründlich.

„Ist es was Schlimmes?“, fragt Ben.

„Nein, nur eine leichte Erkältung“, meint der Tierarzt.

Frau Hampel nickt. „Das hab ich mir gedacht.“

Da niest und prustet Jola Ben wie zum Beweis mitten ins Gesicht.

„Frische Luft würde ihr guttun“, sagt der Tierarzt. „Und ein bisschen Bewegung. Vielleicht kannst du eine kleine Runde mit ihr ausreiten?“

Klar kann Ben das! Aber zuerst führt er Jola an den Putzplatz. Ben stellt seine Putzkiste ab und geht von links an das Pferd heran.

Er beginnt dicht neben der Pferdeschulter. Er nimmt als Erstes den Striegel und entfernt den groben Schmutz. Am Rücken ist eine verklebte Stelle, die raut er vorsichtig auf, holt den Staub an die Oberfläche und wäscht sie danach mit dem Schwamm sauber aus.

Ben striegelt Jola vorsichtig. Ob Pferde auch Kopfschmerzen haben? Er nimmt heute lieber die Wurzelbürste, die ist ein

bisschen weicher als die übliche Bürste. Ben darf aber nicht an den Bauch kommen. Jola ist sehr kitzelig.

Am Schluss bürstet er die Mähne glatt. Das muss man auch vorsichtig machen – wie bei einem Mädchen, das lange Haare hat. Das kennt Ben von seiner Schwester. Jolas Schweif ist immer besonders zerzaust, deswegen verliest er ihn vorher mit der Hand.

Und jetzt kommen noch Augen, Nüstern und Maul des Pferdes. Er wischt sie mit einem Schwamm sauber aus.

Ben legt den Sattel vorsichtig auf. Von vorne nach hinten muss man ihn auf den Pferderücken gleiten lassen. Ben geht auf die rechte Seite, nimmt den Sattelgurt und macht ihn auf der linken Seite fest. Danach zieht er den Steigbügel ein.

Das Auftrensen fehlt noch: Die Trense wird Jola über die Ohren gezogen, Nasen- und Kehlriemen werden verschnallt.

Ben sitzt auf und lenkt Jola ganz vorsichtig aus dem Hof. Selbst bei dem geringen Tempo weht ein leichtes Lüftchen. Jola schnauft.

Am Waldrand werden sie von zwei schnellen Reitern überholt.

„Na, ihr Lahmen?“, rufen sie und lachen.

„Blödmänner“, denkt Ben.

Doch er reitet ruhig weiter, redet Jola gut zu. Er weiß genau, Jola wird bald wieder gesund. Er will mithelfen und sie pflegen. Von Mama bekommt er sogar die Erlaubnis, abends noch mal kurz im Stall vorbeizuschauen.

Ben merkt, dass Jola ein bisschen zusätzliche Fürsorge ebenso guttut wie ihm, wenn er krank ist.

Jola freut sich. Dass Ben sich so um sie kümmert. Und am Abend fängt sie sogar langsam wieder an zu fressen.

Nach einer Woche geht's Jola schon viel besser.

Da sagt Frau Hampel zu Ben: „Du hast richtig gut auf Jola aufgepasst. Klasse! Und Danke, Ben!“

Die Pferdezeitung

Hannah, Carolin, Emma und Lina haben einen Pferdeklub gegründet. Alle, die Mitglied im Pferdeklub werden wollen, müssen versprechen, immer gut mit den Tieren umzugehen und sich gegenseitig zu unterstützen.

Eines Tages hat Carolin plötzlich eine Idee: „Wir könnten doch eine Klubzeitung machen, in die wir wichtige und spannende Sachen schreiben, die wir über Pferde wissen und mit ihnen erlebt haben."

„Au ja", sagt Emma. „Und wenn die Zeitung gut ist, verteilen wir sie hier auf dem Hof."

Genau in dem Moment kommt ihre Reitlehrerin herein. Sie ist begeistert von der Idee und bietet an, dass der Reitverein das Kopieren der Pferdezeitung übernehmen könnte. Außerdem verspricht sie, jedes Mal alles durchzusehen.

Am gleichen Nachmittag geht es los. Mensch, sind sie aufgeregt! Als Erstes überlegen sie, was in der Zeitung stehen soll. Sie beschließen, dass es in jeder Ausgabe eine Spalte über Ereignisse auf dem Reiterhof und die Pferde des Stalls geben soll.

Da sie es so witzig finden, dass Pferde gerne die Tannennadeln von alten Tannenbäumen mögen und ihnen erklärt

wurde, dass in den Tannennadeln wichtige Mineralstoffe für Pferde sind, wollen sie das in der ersten Ausgabe schreiben. „Tannennadeln als Nahrungsergänzung“, lautet die Überschrift. Neben dem Artikel soll ein Foto von Sultan zu sehen sein, der ganz verrückt auf die Tannennadeln ist. Er futtert sie, als wären sie aus Zucker.

Außerdem nehmen sich die vier Mädchen vor, der Reihe nach über Berufe zu schreiben, die mit Pferden zu tun haben.

Sie beginnen mit einem uralten Beruf, dem des Hufschmieds. Darauf kommen sie, weil Carolins Opa noch einen Hufschmied kannte, der eine richtige Schmiede im Dorf betrieb. Eine mit einem Feuer und einem Amboss in der Mitte, wo das Metall bearbeitet wurde. Carolins Opa hat ihr erklärt, dass heute der Hufschmied nicht mehr in seiner Schmiede arbeitet, sondern zum Pferd in den Stall kommt. Mit allem, was er zum Beschlagen der Pferdehufe braucht. Dazu bringt er einen Amboss und verschiedene Hufeisen mit.

Bevor er ein Pferd beschlägt, berät der Hufschmied den Pferdebesitzer. Es gibt nämlich auch Pferde, die nicht beschlagen werden. Bei seiner Arbeit muss der Hufschmied sehr genau sein. Denn wenn ein Pferd falsche Hufeisen bekommt, kann es lahmen, sich verletzen oder Entzündungen bekommen.

Das alles schreiben Hannah, Carolin, Emma und Lina in die Zeitung. Zum Schluss kommt noch ein kurzer Artikel über ein Pferd, das erst seit Kurzem im Stall steht.

Ein paar Tage später tippen sie alle Artikel bei Lina zu Hause am Computer ab. Die Zeitung ist jetzt fast fertig. Sie muss nur noch kopiert und verteilt werden. Emma, Carolin und die anderen sind ganz kribbelig vor Aufregung.

Als die Reitlehrerin am nächsten Tag mit einem Stapel Zeitungen um die Ecke kommt, sind die vier Mädchen kaum noch zu bremsen. Sie laufen über den Hof und verteilen an alle, die gerade da sind, ihre

erste Pferdezeitung. Danach geben sie die Zeitung auch an andere weiter, die an Pferden interessiert sind. Sogar die Eltern und Großeltern bekommen eine Zeitung.

Der Opa von Carolin ist richtig stolz darauf, dass er Carolin angeregt hat, über den Beruf des Hufschmieds zu schreiben. Er überlegt schon, ob er auch für die nächste Pferdezeitung eine Idee beisteuern kann …

Überraschung beim Ausmisten

„Hab ich einen Durst!“, ruft Lilli und trinkt ihre Wasserflasche in einem Zug aus.

Wie immer nach der Reitstunde sitzt sie mit Kim, Raffael, Janina und den anderen aus ihrer Gruppe zusammen im Reiterstübchen. Zum ersten Mal in diesem Jahr scheint die Sonne so richtig hell durch die Fenster, und Lilli genießt die warmen Strahlen mit geschlossenen Augen.

Da hört sie plötzlich eilige Schritte und die forsche Stimme des Pferdepflegers: „Hallo, ihr Faulenzer! Hier hab ich Arbeit für euch.“

Lilli macht träge die Augen auf und sieht, wie Robert einen Zettel ans Schwarze Brett heftet.

„Das ist der neue Plan fürs Ausmisten“, sagt er und grinst. Dann läuft er pfeifend zurück zum Stall.

Sofort stehen alle auf und versammeln sich ums Schwarze Brett. Jeden Monat gibt es einen neuen Plan. Jeweils zwei Kinder müssen Robert beim Ausmisten helfen. Keiner reißt sich darum, auch Lilli nicht, aber es gehört eben dazu.

Janina steht ganz vorne und ruft laut: „Oh nein! Ich bin gleich morgen dran. Das ist echt so was von gemein!“

Lilli seufzt. Typisch Janina! Sobald es ein bisschen anstrengend wird, macht sie einen Riesenaufstand. Aber beim Reiten drängelt sie sich immer in die erste Reihe, damit auch ja jeder ihre teuren Klamotten bewundern kann.

Neugierig linst Lilli über Janinas Schulter. Da entdeckt sie, dass neben Janinas Namen „Lilli“ steht. Na, toll! Sie hat das große Los gezogen und darf sich morgen die ganze Zeit Janinas Gemecker anhören.

„Will zufällig jemand mit mir tauschen?“, fragt Janina und klimpert mit ihren langen Wimpern. Doch alle schütteln die Köpfe.

Am nächsten Nachmittag ist Lilli pünktlich im Stall.

Robert wartet schon auf sie. „Hallo Lilli!“, sagt er und drückt ihr einen Rechen in die Hand. „Wo bleibt denn Janina?“

Lilli zuckt mit den Schultern. „Keine Ahnung. Sie kommt sicher gleich.“

Dann macht sie sich an die Arbeit. Mit dem Rechen fischt sie die Pferdeäpfel aus dem Stroh und fegt sie aufs Kehrblech. Danach trennt sie mit der Mistgabel das schmutzige vom sauberen Stroh. Robert harkt das Stroh noch mal gründlich durch,

um die letzten Schmutzreste zu entfernen. Am Schluss breiten sie zusammen das frische Stroh auf dem Boden aus. Die erste Box ist fertig.

Als sie hinüber zur zweiten Box gehen, schaut Lilli sich suchend um. Wo ist Janina bloß? Sie müsste längst hier sein.

Robert grinst. „Anscheinend hat Janina heute was Besseres vor, als duftende Pferdeäpfel zu pflücken."

Lilli findet das gar nicht komisch. Bloß weil Janina keinen Bock aufs Ausmisten hat, kann sie sich noch lange nicht einfach so davor drücken. Jetzt bleibt die ganze Arbeit an ihr hängen, das ist echt ungerecht!

„Komm, Lilli“, sagt Robert. „Wir müssen weitermachen.“

Lilli bleibt nichts anderes übrig. Ohne Janina dauert das Ausmisten doppelt so lange. Als sie endlich fertig ist, tut Lilli der Rücken weh, und an der rechten Hand hat sie eine kleine Blase.

„Danke dir“, sagt Robert. „Du warst richtig fleißig. Als Belohnung hab ich noch eine Überraschung für dich.“

„Eine Überraschung?“, fragt Lilli neugierig. Was kann das denn sein?

Robert lächelt geheimnisvoll und führt Lilli zu einer Box im hinteren Teil des Stalls. Normalerweise wird die Box nicht

benutzt, aber jetzt steht plötzlich ein fremdes Pony darin.

„Darf ich vorstellen?“, sagt Robert. „Das ist Blümchen, unser neues Schulpony. Es ist heute erst angekommen.“

Lilli tritt näher an die Box heran. Blümchen ist total süß. Die pechschwarze Rappstute hat auf der Stirn ein weißes Abzeichen, das wie eine kleine Blume aussieht.

Lilli streckt dem Pony die Hand hin. „Hallo Blümchen! Na, wie gefällt dir dein neues Zuhause?“

Blümchen schnuppert an Lillis Hand und schleckt sie ab. Danach schmiegt sie ihren Kopf an Lillis Schulter.

„Das ist ja Liebe auf den ersten Blick!“, sagt Robert.

Lilli nickt glücklich. „Stimmt.“ Dann grinst sie. „Und Janina hat echt was verpasst!“

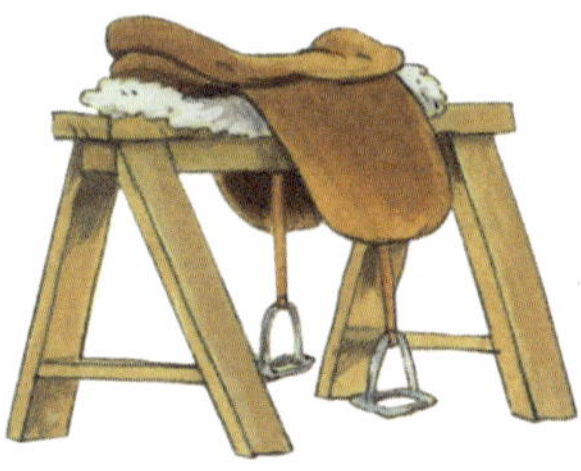

Pferdetänze

Liebes Tagebuch,

ich hasse Mama. Sie hat mich bei dieser bescheuerten Reitschule angemeldet. Nur weil sie so gerne reitet. Und weil sie meint, ich bräuchte mehr frische Luft.

Dabei mag ich Pferde überhaupt nicht. Sie sind so riesig. Und wie die riechen! Nach Mist und Stall. Meine erste Reitstunde war die pure Hölle. Wenn Mama nicht dabeigeblieben wäre, hätte ich gar nicht mitgemacht.

Schon das richtige Sitzen auf dem Pferd war anstrengend. Ich hatte meine Jeans angelassen. Nur um Mama zu ärgern. Sie hatte mir nämlich eine extraschicke Reithose gekauft. Aber das mit den Jeans war ein Fehler. Denn die harten Nähte haben meine ganze Haut aufgescheuert. Und mein Hintern tut vielleicht weh!

Mein Pferd hieß Grete, und sie war furchtbar groß. Sah aber ganz lustig aus. Wie das Pferd von Pippi Langstrumpf, weiß mit schwarzen Tupfen.

Trotzdem, ich will wieder zurück ins Ballett. Das macht mir einfach mehr Spaß, als so dumpf in der blöden Reithalle herumzureiten.

Bis morgen, deine unglückliche Rosa

Liebes Tagebuch,

zum Glück war Mama heute nicht beim Reiten dabei. So konnte ich schön miesepetrig auf meiner Grete sitzen und schlechte Laune verbreiten.

Nach einer Weile hat mich Roswitha, die Reitlehrerin, gefragt, was eigentlich los ist. Und weil sie so nett war, habe ich ihr die Wahrheit gesagt. Nämlich, dass ich tanzen will. Und dass Pferde mich nicht die Bohne interessieren.

Roswitha war gar nicht böse. Im Gegenteil: Sie hat mich angegrinst und gesagt, dass sie nächstes Mal eine Überraschung für mich hätte. Eigentlich wollte ich ja gar nicht, dass es ein nächstes Mal gibt. Aber wenn jemand eine Überraschung hat, dann muss man doch hingehen, oder was meinst du, Tagebuch?

Ich bin jedenfalls sooooo neugierig!

Gute Nacht, Tagebuch, deine Rosa

Liebes Tagebuch,

Wahnsinn! Stell dir vor, was heute in der Reitschule passiert ist. Roswitha hatte wirklich eine Überraschung für mich.

Erst hat sie Grete, dem Pferd, einen komischen weißen Gurt umgelegt. Und dann hat sie mir gezeigt, was Voltigieren ist. Ich konnte gar nicht glauben, was ich da sehe. Stell dir vor, da muss man keine Reitstiefel oder diesen blöden Helm aufsetzen! Nein, man darf mit Turn-

schläppchen und Leggings auf das Pferd und lernt wunderschöne, elegante Übungen. Es ist fast wie beim Tanzen. Ich habe sogar auf dem Pferd gestanden! So hoch über der Erde!

Roswitha hat gesagt, ich bin begabt. Und meine Grete, mein Apfelschimmel, ist wirklich das geduldigste, liebste Pferd der Welt. Okay, nicht alle Pferde sind blöd. Grete ist eine Ausnahme.

Jetzt bin ich supermüde, und mir tut alles weh.

Bis morgen, geliebtes Tagebuch,
deine Rosa

Liebes Tagebuch,

stell dir vor, Roswitha hat gesagt, wenn ich beim Voltigieren die Übungen Mühle und Schere richtig gut kann, dann darf ich sie auf dem großen Reitfest vorführen. In einem Glitzerkostüm! Aber dazu muss ich noch oft in die Voltigierstunde. Denn Mühle und Schere, das sind schwere Drehungen auf dem Pferd.

Heute bin ich dreimal hingefallen, aber zum Glück ist nichts passiert.

Mama hat mich gefragt, ob ich denn jetzt lieber in die Reitschule gehen würde als am Anfang. Ich hab ein bisschen geschwindelt und gesagt, nö, Pferde wären total doof. Hey, habe ich das wirklich mal geglaubt? Entschuldige, Grete!

Mama war enttäuscht. Aber wenn ich nichts verrate, wird die Überraschung beim Reitfest bestimmt umso größer. Und Roswitha hält auch dicht.

Ich muss schon gähnen, so müde bin ich vom vielen Hinfallen!

Bis bald, deine Rosa

Liebes, liebes Tagebuch,

endlich komme ich dazu, dir vom Reitfest zu erzählen!

Es fing damit an, dass Mama nicht kommen wollte.

„Wozu soll ich kommen?“, hat sie gefragt. „Nur um meine Tochter bockig herumsitzen zu sehen? Dazu habe ich keine Lust!“

Fast wäre meine Überraschung in die Binsen gegangen, aber Papa hat sich zum Glück durchgesetzt, und sie sind mitgekommen.

Ich glaube, Mama sind beinahe die Augen rausgefallen, als sie mich auf Grete balancieren sah. Und Papa hat laut gepfiffen, als ich im Galopp aufgesprungen bin.

Ich habe ganz viel Beifall bekommen. Das war ein tolles Gefühl!

Mama hat mich gefragt, ob ich wieder ins Ballett will. Nein, habe ich gesagt, mit Pferden tanzen ist viel schöner.

Und ehrlich gesagt, liebes Tagebuch, glaube ich, dass ich in nächster Zeit gar nicht mehr dazu komme, hier viel hineinzuschreiben! Irgendwie ist es viel schöner, mit den Pferden zu reden. Manchmal kommt es mir sogar so vor, als würden sie jedes Wort verstehen. Also, sei nicht böse, sondern freue dich mit mir!

Deine megaglückliche Rosa

Ein Pferdeklub für zwei

Katrin hat seit einem Monat Reitunterricht. Dabei hat sie Nina kennengelernt. Die ist genauso begeistert von Pferden wie Katrin. Jeden Mittwoch haben sie Reitstunde. Aber das ist den beiden viel zu wenig! Sie wollen nicht nur einmal in der Woche etwas mit Pferden zu tun haben! Deshalb tauschen sie Pferdebücher, rufen sich fast jeden Tag an und reden über Pferderassen und Pferdepflege und ihre Erlebnisse in den Reitstunden.

Irgendwann hat Nina eine Idee: „Wie wäre es, wenn wir ein Pflegepferd bekämen? Dann könnten wir jeden Tag im Stall sein und viel öfter reiten!"

„Zu teuer", meint Katrin nur. Sie weiß ganz genau, das braucht sie ihre Eltern gar nicht erst zu fragen. Denen kostet die eine Reitstunde in der Woche schon genug. Und Katrin war ja auch zufrieden

damit. Am Anfang. Aber wer Pferde wirklich liebt, der will eben mehr!

Katrin und Nina beschließen, es trotzdem zu probieren.

Zuerst sprechen sie mit Katrins Eltern. Die sagen natürlich sofort: „Zu teuer." Genauso Ninas Eltern. Sie finden außerdem, Nina soll lieber mehr Mathe üben, als immer an Pferde zu denken. Nina ist schlecht in Mathematik. Sie fragt sich, ob Mathe extra zum Kinderärgern da ist? Wenn man stattdessen doch nur Pferdekunde in der Schule hätte!

Weil das mit den Eltern nicht geklappt hat, schlägt Katrin vor, mit Herrn Schubert – das ist der Besitzer des Pferdehofes – zu reden. Vielleicht lässt er sie nachmittags manchmal im Stall helfen? „Dann wären wir wenigstens öfter bei den Pferden“, sagt Katrin. Nina ist einverstanden.

Herr Schubert sagt ganz einfach: „Kommt doch morgen mal vorbei.“

Am Tag darauf treffen sich Katrin und Nina nach der Schule und machen zusammen Hausaufgaben. Sie beeilen sich wie noch nie. Nina strengt sich bei

den Matheaufgaben extra an, aber das mit dem Multiplizieren geht ihr einfach nicht in den Kopf. Katrin übt mit ihr. Sogar im Reitstall will sie nicht aufhören.

Da sagt Nina: „Du bist ja schlimmer als meine Mama."

Aber Katrin macht weiter: „Wie viel ist fünf mal siebzehn?" Und nach einer Weile geht es schon viel besser.

„Im Pferdestall ist trotzdem Mathepause", fordert Nina.

Heute misten sie aus.

Am nächsten Tag dürfen sie Prinzessin striegeln und ihr die Hufe auskratzen. Herr Schubert hat Spaß daran, ihnen alles zu zeigen. Und am dritten Tag dürfen sie ganz allein Prinzessin putzen. Prinzessin hat ein goldbraunes Fell und eine lange helle Mähne und einen wunderschönen Schweif.

Prinzessin ist ein Haflinger. Als sie die

Mähne bürsten, schüttelt Prinzessin den Kopf. Da müssen sie lachen. Die Mähne ist nämlich so lang, dass sie Prinzessin bis in die Augen fällt.

„Die kann ja kaum sehen, die muss zum Friseur!“

Und dann erleben Katrin und Nina eine Überraschung. Als sie mit den Fahrrädern zur nächsten Reitstunde kommen, steht

Herr Schubert vor dem Stall und wartet auf sie.

„Die Besitzerin von Prinzessin muss für eine Woche verreisen“, erklärt er. „Sie lässt fragen, ob ihr beide vorübergehend die Pflege übernehmt.“

„Juhu!“, ruft Katrin.

„Was Besseres gibt es doch gar nicht!“, meint Nina. Am liebsten würden sie Herrn Schubert um den Hals fallen.

Nach der Reitstunde geht es sofort in den Stall: Prinzessin striegeln. Als sie Prinzessins weiches Fell bürsten, sagt Nina: „Eigentlich müssten wir uns jetzt einen Pferdeklubnamen geben.“

„Zweier-Pferdeklubs gibt’s doch gar nicht“, gibt Katrin zu bedenken.

„Egal“, meint Nina, „wir haben einen. Und der heißt Prinzessin-Klub.“

„Au ja! Wir können ein Heft anlegen, in dem wir genau aufschreiben, was wir mit Prinzessin gemacht haben und wie es ihr ging.“

„Wenn sich dieses tolle Heft und natürlich unsere prima Pflege im Stall herumsprechen, bekommt unser Klub vielleicht noch mehr solche Urlaubsvertretungen für Pferdepflege“, überlegt Nina weiter.

Katrin nickt begeistert. „Und weil das immer nur kurz ist und außerdem nichts kostet, werden unsere Eltern wohl nichts dagegen haben.“ Und mit einem Augenzwinkern sagt sie hinterher: „Und wie viel ist drei mal dreizehn?“

Kleiner Stern und Schwarzer Blitz

Lange noch steht kleiner Stern neben dem Tipi und schaut ihrem großen Bruder nach, wie er allein und zu Fuß das Lager verlässt.

Gelber Büffel ist alt genug, sein erstes eigenes Pferd zu fangen. Kleiner Stern seufzt. Wie gerne würde sie an seiner Stelle losziehen!

Sie weiß genau, welchen Mustang sie nehmen würde. Denn schon seit Langem beobachtet sie eine wilde Herde von den Hügeln aus. Der junge, schwarze Hengst hat es ihr angetan.

„Warum dürfen nur Jungs ihr Pferd selber fangen?“, denkt Kleiner Stern.

Ihre Mutter lächelt ihr zu. „Mach dir keine Sorgen“, sagt sie. „Gelber Büffel wird ganz bestimmt mit einem schönen Pferd zurückkommen!“

„Darum mache ich mir doch gar keine Sorgen!“, murmelt Kleiner Stern. „Ich würde nur zu gerne selber ein Pferd fangen!“

Die Mutter lacht. „Wie willst du das denn schaffen? Du bist viel zu jung und außerdem ein Mädchen! Vergiss das nicht.“

Kleiner Stern beißt sich auf die Lippen. „Eines Tages wird Gelber Büffel dir auch ein Pferd fangen!“, verspricht ihr die Mutter lächelnd. „Und so lange kannst du doch auf unseren Pferden reiten!“

Aber das ist kein Trost für Kleiner Stern.

In der Nacht hat Kleiner Stern einen Traum. Der schwarze Hengst kommt auf sie zugelaufen. Seinen struppigen Kopf legt er auf ihre Schulter und flüstert: „Kleiner Stern, du und ich, Schwarzer Blitz, wir gehören zusammen wie Pfeil und Bogen. Komm nur, ich warte im Tal der Krähen auf dich!“

„Ich werde kommen!“, murmelt Kleiner Stern im Schlaf, dann wacht sie auf. Draußen ist es noch dunkel, aber sie ist hellwach.

„Das war nicht einfach nur ein Traum“, denkt sie. Nein, Schwarzer Blitz wird wirklich im Tal der Krähen auf sie warten. Da ist sie sich ganz sicher.

Ihre Eltern schlafen noch, als sich

Kleiner Stern aus dem Dorf schleicht. Sie nimmt ein Seil als Halfter mit und etwas Proviant.

Zum Tal der Krähen ist es weit. Doch Kleiner Stern läuft, so schnell sie kann. Am Mittag ist sie da. Von dem Hügel aus kann sie das ganze Tal überblicken. Doch weit und breit ist kein einziges Pferd zu sehen.

„Er wird schon noch kommen“, denkt Kleiner Stern. Geduldig setzt sie sich in den Schatten eines Baumes und wartet.

Dabei sitzt sie so still, dass die vorwitzigen Präriehasen über ihre ausgestreckten Beine hüpfen.

Die Sonne neigt sich längst zur Erde, als sie von ferne das Hufgetrappel hört. Die Wildpferde kommen!

Und da, an der Spitze, galoppiert Schwarzer Blitz! Kleiner Stern bleibt fast das Herz stehen, als sich der schwarze Mustang aus der Herde löst und langsam auf sie zutrottet. Nur wenige Meter vor ihr bleibt er stehen.

Vorsichtig greift Kleiner Stern in ihre Tasche. Sie hat extra saftige Wurzeln eingesteckt. Ruhig hält sie dem Hengst ihr Begrüßungsgeschenk entgegen.

„Komm nur her, Schwarzer Blitz!“, flüstert sie. „Das ist für dich! Wir sind doch Freunde, du und ich!“

Schwarzer Blitz hat verstanden. Er kommt dicht zu dem kleinen Indianermädchen. Kleiner Stern streichelt ihn und legt ihm geschickt das Seil als Halfter um.

„Vertrau mir!“, flüstert sie dabei. „Ich werde immer für dich sorgen. Unser ganzes Leben werden wir zusammenbleiben!“

Schwarzer Blitz schnaubt sanft, als sie auf seinen Rücken steigt.

Kleiner Stern trifft ihre Eltern noch vor dem Dorf. Sie haben sich bereits auf die Suche nach ihr gemacht. Verwundert schütteln sie den Kopf, als Kleiner Stern auf dem wilden Hengst heranreitet.

„Wo warst du nur?“, fragt die Mutter erleichtert.

„Schwarzer Blitz hat mich zum Tal der Krähen gerufen!“, ruft Kleiner Stern fröhlich. „Er ist mein Pferd, und ich bin seine Reiterin! Wir gehören zusammen wie Pfeil und Bogen!“

„Ja, so muss es sein!“, nickt ihr Vater stolz. „Auch unsere Tochter ist groß und mutig. Gelber Büffel wird staunen, wenn er dich mit deinem Mustang sieht!“

Das weiße Zauberpferd

„Springen ist einfach toll!“, rief Romy nach der Reitstunde, als alle ihre Ponys in den Stall zurückbrachten.

„Das finde ich auch“, sagte Daniel. „Hoffentlich machen wir das jetzt ganz oft.“

Nur Paula sagte nichts. Stumm führte sie Juri in seine Box.

Da fragte Romy plötzlich: „Warum bist du eigentlich nicht gesprungen?“

Paula biss sich auf die Lippen. „Weiß nicht … Keine Lust“, murmelte sie.

In Wirklichkeit hatte sie sich einfach nicht getraut zu springen. Zum Glück fragte Romy nicht weiter. Paula trödelte absichtlich und fing an, Juri einen Zopf in die Mähne zu flechten.

„Tschüs, bis nächste Woche!“, rief Daniel.

„Tschüs“, sagte Paula leise.

Und schon waren Daniel, Romy und die

anderen weg. Im Stall war es auf einmal ganz still. Paula streichelte Juris Mähne, aber er drehte seinen Kopf weg. Bestimmt war er sauer, weil er als Einziger nicht springen durfte. Paula seufzte.

Traurig drehte sie sich um und wollte nach Hause gehen. Doch nach ein paar Schritten blieb sie wie angewurzelt stehen. In der Box neben der Stalltür wurde es plötzlich strahlend hell. Eine weiße, glitzernde Wolke wirbelte dort herum. Paula blinzelte. Jetzt drehte sich die Wolke langsamer. Und dann sah Paula, dass es gar keine Wolke war.

Es war ein schneeweißes Pferd mit silbernen Glitzersternen in der Mähne!

Paula ging zögernd auf es zu und stammelte: „W…wer bist du?“

Das Pferd sah sie mit seinen sanften, hellblauen Augen an, und Paula hörte eine leise Stimme. Das Pferd konnte sprechen! „Ich bin Merlin, dein Zauberpferd. Ich bin gekommen, weil du mich brauchst.“

„Ich … brauche dich?“, fragte Paula verwirrt.

Merlin nickte. „Ja, ich denke schon. Oder hast du keine Lust, auf mir zu reiten?“

„Doch“, murmelte Paula.

Merlin schnaubte leise. „Das freut mich. Also, worauf wartest du noch?“

Paula zögerte. Der Schimmel war riesig. Wie sollte sie da bloß hinaufkommen?

„Keine Angst“, beruhigte Merlin sie.

Paula stellte sich neben ihn und griff mit einer Hand in seine Mähne. Und bevor sie Schwung holen konnte, wurde sie von einer unsichtbaren Kraft hinaufgehoben.

„Bist du bereit?“, fragte Merlin.

„Äh … ja“, sagte Paula.

Da lief Merlin los. Als er zur Stalltür kam, ging sie von selbst auf. Merlin trat hinaus ins Freie. Draußen wurde es schon dunkel, und auf dem Reiterhof war niemand mehr zu sehen. Merlin trabte auf den Feldweg hinaus, dann fiel er in Galopp. Paula schielte ängstlich nach unten und klammerte sich an seine Mähne. Aber nach einer Weile merkte sie, dass das gar nicht nötig war. Merlin galoppierte wunderbar weich und sanft. Er wurde schneller und schneller.

Seine Hufe berührten kaum noch den Boden. Und plötzlich hoben sie ab! Paula griff wieder in Merlins Mähne. Der Schimmel stieg immer höher hinauf in die Luft. Er konnte fliegen!

Paula kniff die Augen zu. Gleich würde sie hinunterfallen! Aber sie fiel nicht. Im Gegenteil, sie saß so sicher auf Merlins Rücken wie in einem kuscheligen Sessel. Flog sie wirklich, oder träumte sie das alles nur?

Aber der kühle Wind, der um ihre Nase wehte, war kein Traum. Nach einer Weile traute sich Paula, die Augen wieder aufzumachen.

„Na, wie gefällt dir die Aussicht?“, fragte Merlin.

Paula sah sich um. Unter ihr lagen die Felder und Wälder wie eine karierte Tischdecke. Alles war so winzig! Paula spürte, wie ihr Herz ganz leicht wurde. Auch ihre Sorgen waren auf einmal ganz winzig.

„Es ist wunderschön“, rief sie und jubelte: „Juchuu!“

Merlin wieherte fröhlich mit. Nach einer Weile, die Paula wie eine Ewigkeit vorkam, kehrten sie zum Reiterhof zurück.

Paula merkte es kaum, als Merlins Hufe wieder den Boden vor dem Stall berührten. Mit zitternden Knien stieg sie ab und lehnte sich an Merlins Hals.

„Danke!“, flüsterte sie glücklich.

„Gern geschehen“, sagte Merlin. „Bis bald, und viel Glück beim Springen!“

„Woher weißt du das?“, fragte Paula.

Doch da hatte sich Merlin schon wieder in eine Glitzerwolke verwandelt. Die Wolke drehte sich schneller und schneller, bis sie sich auflöste. Paula starrte auf die Stelle, an der Merlin eben noch gestanden hatte. Er war weg, spurlos verschwunden, aber auf dem Boden glitzerte etwas. Paula hob es auf. Es war ein silberner Stern aus Merlins Mähne.

Schnell schob sie ihn in ihre Hosentasche. Dann ging sie in den Stall zu Juris Box und flüsterte ihm ins Ohr: „Nächste Woche springen wir, versprochen!“

Kein Tag ohne Pferde

Sandra, Luzy und Franzi sind echte Pferdenarren. Sie werden von allen nur „der Pferdeklub“ genannt, weil sie jeden Tag im Pferdestall sind. Doch irgendwie scheint es ihre Eltern zu stören, dass ihre Töchter jeden, aber wirklich jeden Tag so viel Zeit wie eben möglich im Stall verbringen. Luzy wollte sogar nicht mit ihrer Familie in den Urlaub fahren, weil sie dann fast drei Wochen lang nicht ihre Pferde sehen konnte.

Deshalb haben sich ihre Eltern etwas ausgedacht: Die drei Mädchen sollen ab sofort einen Nachmittag pro Woche ohne Pferde verbringen.

„Wenn ihr das überhaupt noch könnt“, hat Luzys Vater gesagt.

„Kein Problem“, haben sie geantwortet und sich für heute in der Stadt zum Eisessen verabredet.

Während sie über ihren Eisbechern

sitzen und löffeln, unterhalten sie sich natürlich nur über ihr Lieblingsthema: Pferde. Franzi hat einen neuen, massierenden Striegel, den Himmelsfee richtig zu genießen scheint. Sandra hat schicke Pferdefrisuren in einem neuen Buch entdeckt. Und Luzy erzählt, dass ein Mädchen aus dem Stall bald ein eigenes Pferd bekommen soll.

Klar, dass sie da alle ein bisschen neidisch sind. Wenigstens hat jede von ihnen ein Pflegepferd. Das ist nicht so selbstverständlich, denn dafür müssen die Besitzer des Pferdes einem vertrauen und wissen, dass man gut mit Pferden umgehen kann.

Sie reden, schwärmen und erzählen, bis plötzlich Ben aus ihrer Klasse vor ihnen steht und fragt: „He, was macht ihr denn hier? Der Pferdeklub gehört doch in den Stall!“

Ben! Der nervt! Er ist auch der, der immer Witze macht wie: „Geht doch in ein Pferde-Internat, da sitzen sogar Pferde mit in der Klasse.“ Und jetzt müssen sie sich schon Sprüche anhören, wenn sie *nicht* im Stall sind!

Das Eis ist schon lange aufgegessen. Die Mädchen bezahlen und stehen auf.

„Na also“, sagt Sandra. „Wir haben es geschafft, einen Tag lang ohne Pferde auszukommen. Ich wusste ja, dass es kein Problem sein würde!“ Und sie verabschieden sich bis morgen.

Doch auf dem Heimweg denkt Luzy: „Ich fahr eben noch zum Stall.“ Gleichzeitig beschließt Sandra: „Ich fahr eben noch zum Stall.“ Und Franzi sitzt auf ihrem Fahrrad und denkt: „Ich fahr eben noch zum Stall.“

Als Erste trifft Sandra ein, sie lehnt ihr Fahrrad an die Hofmauer, schleicht ganz leise in den Stall und schaut, ob auch keiner sie sieht.

Dann kommt Luzy, die stutzt schon, als sie Sandras Fahrrad sieht, schleicht dann aber in die gleiche Richtung.

Und als Letzte fährt Franzi auf den Hof. Sie sieht die Fahrräder, sieht die anderen beiden in den Boxen neben ihren Pferden und ruft fröhlich durch den ganzen Pferdestall: „Wir können halt nicht anders, wir sind ja auch der Pferdeklub! Kein Tag ohne Pferde!“

Jan passt auf

Viele Stunden lang konnte der rothaarige Jan am Zaun stehen und den Pferden zusehen. Jan kannte sie alle mit Namen.

Zwölf waren es insgesamt. Genauso viele, wie Jan Sommersprossen auf der Nase hatte.

Es gab zwei Fohlen auf der Weide. Luntrus und Ajax. Beide noch keine acht Wochen alt. Mit ihren langen dürren

Beinen stelzten sie ungelenk über das Gras.

Doch Jans Lieblingspferd hieß Fury.

Fury war schwarz wie die Nacht, hatte aber weiße Zähne und helle, wache Augen.

Wenn Fury über die Weide preschte, dann kam kein anderes Pferd mit. Fury war schneller als alle anderen. Aus lauter Freude lieferte Fury sich Wettrennen mit den Autos, die an der Weide vorbeifuhren. Jan sah dabei zu und feuerte Fury an.

„Schneller, Fury! Den Mercedes schaffst du leicht! Schneller!“

Die Weide war groß. Einige Hundert Meter führten an der Straße entlang.

Manchmal schaffte Fury es, ein Stückchen neben einem Auto herzugaloppieren. Aber meistens gewannen die Fahrzeuge.

Die Weide lag nämlich an einer Schnellstraße. Trotz der schönen Landschaft huschten die Autofahrer nur eilig vorüber, ohne sich umzuschauen.

Nur die Kinder auf den Rücksitzen blickten manchmal zur Weide und bestaunten die Pferde. Besonders Fury.

Jans Eltern mochten es nicht, wenn ihr Sohn den Tag an der Weide verbrachte. Sie fanden den Grasstreifen zwischen Straße und Weide viel zu schmal.

„Eines Tages fährt dir noch mal jemand den Hintern ab!“, sagte Jans Vater oft. „Die Straße ist gefährlich nah an der Weide.“

Aber Jan passte gut auf sich auf.

Heute stimmte etwas ganz und gar nicht. Die Pferde waren merkwürdig nervös. Statt ruhig zu grasen wie sonst um diese Zeit, standen sie in einer Traube zusammen. Dann stoben sie auseinander und jagten wie von wild gewordenen Bienen verfolgt am Zaun entlang.

Fury stieg auf die Hinterbeine und

wieherte. Sein Wiehern war auch anders als sonst. Nicht die übliche freundliche Begrüßung, wenn Fury Jan sah.

Das Wiehern war aufgeregter. Es klang wie eine Warnung. Wie Vaters Stimme, wenn er sagte: „Eines Tages fährt dir noch jemand den Hintern ab."

Dann sah Jan den Grund für die Aufregung: Ein Teil des Weidezauns war eingerissen. Zerbrochene Holzlatten ragten in die Luft. Draht kringelte sich auf der Erde wie eine müde Schlange.

Da ist bestimmt ein Autofahrer in den Zaun reingerast, dachte Jan. Die Pferde können ausbrechen und auf der Straße angefahren werden.

Jan zuckte zusammen. Wo waren die Fohlen? Ach ja, da stand Ajax bei seiner Mutter. Aber Luntrus, der Wildfang, war nicht zu sehen.

„Was soll ich tun?", fragte sich Jan. Bestimmt ist Luntrus durch das Loch im Zaun ausgebrochen. Was, wenn er auf die Straße läuft … Vielleicht ist er längst …

Da hörte Jan die ersten Autos hinter der Kurve hupen.

Er rannte los. Nur schnell zum Reitstall!

Fury trabte neben Jan her.

Schon von Weitem rief Jan: „Herr Reuter! Herr Reuter! Der Zaun ist kaputt! Luntrus steht mitten auf der Straße! Er ist allein!"

Herr Reuter war gerade dabei, seinen Sattel einzufetten. Er ließ ihn erschrocken fallen. Noch nie hatte Jan Herrn Reuter so schnell laufen sehen.

„Bleib bei den Pferden, damit nicht noch mehr ausbrechen!“, rief er Jan zu. „Ich fange Luntrus ein!“

Jan versperrte den Pferden breitbeinig den Weg.

Aber das wäre gar nicht nötig gewesen. Sie blieben sowieso auf der Weide.

Eine halbe Stunde später kam Herr Reuter mit Luntrus zurück.

Beide schwitzten. Herrn Reuters Kopf war rot.

„Den Zaun werde ich reparieren."

Er trieb Luntrus auf die Weide. Dann nahm er Jans Hand und bedankte sich: „Du hast fein aufgepasst. Ohne dich hätte die Geschichte schlimm ausgehen können. Herzlichen Dank. Sobald Luntrus groß ist, darfst du auf ihm reiten. Wenn du möchtest."

Lea geht nur ein bisschen durch

„Juhu, wir fahren auf den Reiterhof." Lea hopst vor Freude hinten auf dem Sitz herum. „Wie lange dauert es noch? Sind wir bald da?", fragt sie Papa und Mama alle fünf Minuten.

„Vom vielen Fragen fährt das Auto auch nicht schneller", sagt Papa und lacht.

Also muss sich Lea noch ein bisschen gedulden. Aber das ist so schwer! Denn Lea kann es vor lauter Aufregung kaum abwarten.

Eine Woche Reiterferien – toll! Lea geht jeden Tag zu ihren Reitstunden, und Mama und Papa machen Urlaub. Sie haben ein kleines Ferienhäuschen gemietet, das direkt neben dem Reiterhof liegt.

„Dahinten ist der Hof", sagt Mama endlich. „Wir sind da!"

Tatsächlich sehen sie in der Ferne ein

altes Bauernhaus, daneben große Stallungen, eine Reithalle und einen richtigen Springplatz. Das Haus, in dem sie wohnen, scheint hinter den Gebäuden zu liegen.

„Das sieht richtig schön aus“, staunt Lea.

Mama, Papa und Lea sind die Einzigen, die so früh da sind.

„Dann haben Sie noch ein bisschen Zeit sich einzufinden“, begrüßt sie die Reitlehrerin. „Herzlich willkommen, ich bin Sandra!“ Und dann fragt sie Lea: „Wie lange reitest du denn schon?“

„Seit einem halben Jahr“, antwortet Lea.

„Dann können wir dich sicherlich in die Fortgeschrittenen-Gruppe nehmen.“

„Jetzt gleich?“, fragt Lea.

Sandra lacht. „Nein, wir müssen ja erst noch auf die anderen Kinder warten. Morgen geht es dann richtig los.“

„Kann ich nicht jetzt schon reiten?“, bettelt Lea. „Nur ein bisschen, bitte, Papa.“

„Nein“, sagt Papa. „Du hast doch gehört, was Sandra gesagt hat.“

Papa und Mama wollen außerdem ein bisschen Ruhe haben nach der langen Fahrt.

Da geht Lea eben nur so ein ganz kleines bisschen zu den Pferden. Sie streichelt ein Pony, das noch vor einer kleinen Kutsche angespannt ist. Ob sie mal aufsitzt? Nur ein bisschen ausprobieren? Sie klettert vorsichtig auf das Pony. Da hängen die Zügel. Lea nimmt vorsichtig einen Zügel in die Hand. Was sagt man, wenn es losgehen soll?

„Hü!“, sagt Lea. Aber nur aus Spaß.

Da setzt sich das Pony in Bewegung.

„Brrrh!“, ruft Lea und zieht dabei strammer an den Zügeln. Das Pony fällt in einen Zuckeltrab.

Da ruft Lea auf einmal ganz laut: „Hey, du Pferd, halt mal!“

Doch das Pferd läuft schneller. „Nein, Hilfe! Mama, Papa!“

Das Pferd trabt weiter und weiter. „Hilfe!“ Da kommen Mama und Papa angerannt.

„Ganz ruhig bleiben, Lea, ich komme!“, ruft Sandra und galoppiert auf einem Pferd heran. Sie ist jetzt neben Lea.

„Zügel locker lassen.“ Sandra springt vom Pferd. Dann sagt sie ganz laut: „Brrrh, brrrh.“

Das Pferd kommt langsam zum Stehen. „Das war nicht besonders gut“, sagt sie jetzt schärfer.

„War es auch wirklich nicht“, murmelt Lea und lässt den Kopf hängen. Das wollte sie doch gar nicht. Sie murmelt: „Entschuldigung.“

„Schon gut“, sagt Sandra. „Wir haben Glück gehabt. Stell dir vor, das Pferd wäre richtig durchgegangen.“

Da wird Lea rot. „Ja, zum Glück bin ich nur ein bisschen durchgegangen.“

Sandra zwinkert ihr lieb zu. „Aber ein bisschen ist manchmal schon zu viel.“

Der bockige Ottokar

Ritter Hunold freute sich riesig auf das große Turnier! Drei Tage und zwei Nächte war er jetzt schon mit seinem Pferd Ottokar unterwegs. Am Abend des dritten Tages sah er endlich Burg Löwenstein vor sich.

„Komm, Ottokar, lauf!“, spornte er sein Pferd an. Aber Ottokar blieb einfach stehen.

„Was soll das?“, rief Hunold. „Wir sind doch gleich da!“

Ottokar schnaubte empört, rupfte sich ein Grasbüschel vom Wegesrand und kaute genüsslich darauf herum.

Hunold stöhnte. Ottokar war zwar das beste Turnierpferd weit und breit, aber leider auch der bockigste Hengst, den man sich vorstellen konnte. Hunold musste wohl oder übel absteigen. Mühsam quälte er sich samt Rüstung aus dem Sattel und nahm die Zügel in die Hand.

„Bitte sei brav und komm jetzt", lockte er Ottokar. „Der Stall wartet schon auf dich. Du bekommst auch eine Extraportion Heu!"

Als Ottokar das Wort „Heu" hörte, spitzte er die Ohren und trabte los. Hunold fiel ein Stein vom Herzen. Kurz darauf erreichten sie die Burg. Im Hof wimmelte es von Rittern und Pferden. Aus allen Himmelsrichtungen waren die Ritter angereist, um am nächsten Tag gegeneinander zu kämpfen. Zwei Ritter kannte Hunold bereits von früheren Turnieren.

„Hallo Wernfried, hallo Gernot!“, begrüßte er seine Freunde.

„Schön, dich zu sehen“, sagte Gernot und klopfte ihm auf die Schulter. „Bis gleich beim Ritterfest!“

Hunold nickte. „Ich bringe nur noch schnell mein Pferd in den Stall.“

„Alles klar“, sagte Wernfried. Dann ging er mit Gernot zum Lagerfeuer.

Hunold streckte die Nase in die Luft. Hmm, das roch ja herrlich nach gegrilltem Fleisch! Hunold hatte einen Bärenhunger. Am liebsten hätte er sofort einen ganzen Ochsen verdrückt.

„Komm, Ottokar, ab in den Stall!“, rief er. Aber Ottokar legte die Ohren an und blieb stehen.

„Nicht schon wieder!“, stöhnte Hunold. „Bitte, geh jetzt in den Stall!“

Ottokar rührte sich keinen Millimeter.

Langsam wurde es Hunold peinlich. Ein paar Ritter schauten ihn schon komisch an. Da holte er eine Karotte aus seinem Beutel und hielt sie Ottokar vor die Nase. „So, hier hab ich einen Leckerbissen für dich.“

Ottokar wollte nach der Karotte schnappen, aber Hunold zog sie geschickt wieder weg und lief ein paar Schritte voraus. Sein Trick funktionierte. Ottokar folgte ihm. So schaffte Hunold es, ihn doch noch in den Stall zu locken. Und dort bekam Ottokar endlich seine Karotte. „Hier ist noch Heu für dich“, sagte Hunold. „Extra viel, wie versprochen.“

Ottokar hatte die Karotte ruckzuck verputzt und stürzte sich hungrig auf das Heu.

„Bis morgen“, sagte Hunold und lief schnell zum Lagerfeuer. Sein Magen knurrte inzwischen wie ein Rudel Wölfe. Die Ritter saßen schon alle im Kreis.

„Wo warst du denn so lange?“, fragte Wernfried. „Bist du etwa im Stall eingeschlafen?“

Hunold wurde rot. „Quatsch! Lasst uns endlich was essen!“

Das ließen sich Gernot und Wernfried nicht zweimal sagen. Die drei Freunde säbelten sich große Stücke vom Ochsen am Spieß. Dazu gab es leckeren Honigwein. Die Stimmung war klasse, sie feierten und sangen Ritterlieder. Hunold konnte zwar nicht gut singen, aber er grölte trotzdem begeistert mit.

Plötzlich gab Wernfried ihm einen Stoß in die Rippen. „Ist das da drüben nicht dein Pferd?“

Hunold hob den Kopf. Tatsächlich: Da stand Ottokar, umringt von neugierigen Rittern!

Schnell sprang Hunold auf. „Was machst du denn hier? Los, sofort zurück in den Stall!“

Aber Ottokar hatte keine Lust auf Stall. Verzweifelt überlegte Hunold, was er tun sollte.

Da sagte Gernot: „Lass ihn! Er kann doch mitfeiern."

„Ja, warum nicht?", sagte Wernfried. „Ein Ritterfest mit Pferd, das ist endlich mal was Neues." Die anderen Ritter hatten auch nichts dagegen.

Hunold musste lachen. „Also gut, Ottokar! Du darfst mitfeiern, aber nur heute, hörst du?"

Die Ritter stimmten ein Lied an, und Ottokar wieherte fröhlich mit – lautstark und genauso falsch wie Hunold.

Basta und Paulines Bombe

Pauline durfte auf dem Reiterhof helfen. Sie hatte sich das toll vorgestellt. „Bestimmt bin ich den ganzen Tag bei den Pferden“, dachte sie. „Ich darf sie füttern und striegeln.“

Aber so war es leider nicht. Die Pferde grasten auf der Weide, während Pauline ihre Ställe ausmistete. Puh, das stank!

Mit der Mistgabel baggerte Pauline das dreckige Stroh nach draußen. Am liebsten hätte sie sich die Nase zugehalten. Aber mit einer Hand konnte sie die Mistgabel nicht halten.

„Mutti soll noch einmal sagen: ‚Dein Kinderzimmer sieht aus wie ein Pferdestall!‘ Der werde ich etwas erzählen. Die hat ja keine Ahnung!“, maulte Pauline vor sich hin.

Da erschien Herr Jokel im Stall. Herrn Jokel gehörten die Pferde, der Stall und die Weide.

Ruhig sah er sich im Stall um. Dann lächelte er. „Du hast aber fein sauber gemacht. Sieht es in deinem Zimmer zu Hause auch so schön aus?“

Herr Jokel konnte ja nicht ahnen, wie sehr er damit bei Pauline ins Fettnäpfchen trat.

Vor lauter Aufregung atmete Pauline mehr Luft ein, als sie brauchte. Das passierte ihr oft. Dann verschluckte sie sich manchmal und stotterte.

Pauline schämte sich deswegen jedes Mal und wurde knallrot. Wenn sie so eine „Bombe“ hatte, wäre sie am liebsten im Erdboden versunken.

Ihr großer Bruder Jens zog sie gerne damit auf: „Hahaha! Jetzt hat Pauline wieder eine Bombe!“ war sein Lieblingssatz.

Aus Angst, jetzt wieder zu stottern, sagte Pauline nichts. Einen roten Kopf bekam sie trotzdem.

Herr Jokel schien es nicht zu bemerken.

Er streckte Pauline seine Hand freundschaftlich entgegen und fragte: „Hast du schon mal ein richtiges Pferd geritten?“

Pauline starrte vor sich auf den Boden und schüttelte stumm den Kopf.

„So ein Mist“, dachte sie, „meine Birne brennt wieder wie eine Glühlampe“.

Immer noch hielt Herr Jokel seine Hand hin. Pauline traute sich nicht sie zu nehmen. Sie schämte sich wieder, ohne genau zu wissen, warum.

„Komm!“, sagte Herr Jokel. „Basta will dich kennenlernen. Basta ist ein Hengst. Er wird dir gefallen. Er mag Mädchen wie dich.“

Irgendwie schaffte Pauline es, Herrn Jokels Hand doch zu nehmen. Sie sah ihn nicht an. Aber sie ging neben ihm her zur Weide.

„Sieh nur! Dahinten läuft Basta. Er jagt Schmetterlinge. Er frisst sie nicht. Er riecht

nur daran. Aber die Schmetterlinge wissen das nicht. Deshalb haben sie Angst vor ihm und fliehen. Ruf ihn. Dann kommt er."

„Glaub ich nicht", dachte Pauline. „So ein tolles Pferd kommt bestimmt nicht, wenn ich es rufe. Ich mit meiner Bombe."

Herr Jokel drückte Paulines Hand. „Ruf ihn!"

Pauline schloss die Augen, atmete einmal tief durch und hörte sich dann rufen: „Basta! Basta!"

„Lauter! Du musst lauter rufen. Sonst nimmt Basta es nicht ernst."

„Der kommt sowieso nicht", dachte Pauline. Am liebsten wäre sie weggelaufen. Aber Herr Jokel hielt sie fest an der Hand. Ohne sich dabei zu verhaspeln, donnerte

Paulines Stimme: „Basta! Komm sofort her!“

Pauline traute ihren Augen nicht. Dieses große, schöne Tier wieherte fröhlich und

galoppierte folgsam heran. Basta blieb vor Pauline stehen und wartete auf ein Lob. Pauline streckte eine Hand aus und streichelte Bastas Kopf.

Stolz sah Pauline Herrn Jokel an. Ihr Kopf glühte nicht mehr. Von der Weide her wehte ein kühler Wind.

Plötzlich spürte Pauline: Basta gehorchte ihr. Es war ihm egal, ob sie einen roten Kopf hatte oder nicht.

„K…k…k…können Sie mir beibringen, auf ihm zu reiten?“, fragte Pauline.

Herr Jokel nickte. „Aber klar. Wir fangen am besten sofort damit an.“

Das alles ist jetzt schon fast ein Jahr her. Pauline ist eine begeisterte, mutige Reiterin geworden. Wenn sie mit Basta spricht, stottert sie nie. Einen roten Kopf bekommt höchstens noch Paulines Bruder. Der hat nämlich Angst vor Basta und ist neidisch, weil seine kleine Schwester reiten kann und er nicht.

Michi will wirklich richtig reiten

Michi ist furchtbar aufgeregt. Morgen ist sein Geburtstag. Und Michi hat eine Wunschliste, die bis zum Mars reicht. Na ja, fast!

„Ich möchte Reitstiefel, eine Reitkappe und eine Reithose. Eine Reitweste brauche ich auch. Und natürlich Reitstunden. Von Oma wünsche ich mir noch einen Putzkasten.“

„So, so“, sagt Mama und lacht. „Ist das nicht ein bisschen viel auf einmal?“

Ja, Mama hat recht. Das weiß Michi ganz genau. Aber was soll er machen? Die Wünsche sind doch da. Die kann er nicht einfach so wegzaubern. Und Papa und Mama können die Reitstunden nicht hinzaubern.

Am nächsten Morgen ist Michi ganz früh wach. Er liegt in seinem Bett und kann es kaum mehr erwarten.

Da geht die Tür auf. „Zum Geburtstag viel Glück …“, singen Papa und Mama. Dann darf Michi die Kerzen auf seinem Geburtstagskuchen auspusten. Er schafft alle neun auf einmal!

„Kann ich jetzt meine Geschenke auspacken?“, fragt Michi.

„Später“, meint Mama.

„Wir machen einen Ausflug zum Reiterhof Eppels, der hat heute ‚Tag der offenen Tür‘“, sagt Papa.

„Ich darf reiten?“ Michi ist mit einem Satz aus dem Bett.

Kurze Zeit später radeln die drei los.

Der Reiterhof Eppels ist einer der größten Reiterhöfe in der ganzen Gegend. Dort gibt es auserlesene Dressurpferde, aber auch eine sehr schöne Abteilung für die Kleinen mit Ponys und Ställen und Pferdewiesen und Putzplätzen neben dem Stallgebäude.

In der Reithalle sind gerade Vorführungen. Eine Voltigiergruppe zeigt ihr Können. Sie haben gestern alle ihr „Kleines Hufeisen“ gemacht.

In der Voltigiergruppe entdeckt Michi Luisa aus seiner Klasse. Er winkt ihr zu.

„Hallo, Michi“, begrüßt Luisa ihn nach der Vorführung und geht mit ihm zu Beate, die die Gruppe führt. „Hier ist der Superturner aus unserer Klasse, der wäre bestimmt ein guter Voltigierer.“

„Willst du auch mal?“, fragt Beate.

Und weil heute „Tag der offenen Tür“ ist,

kann Michi sofort. Aber Michi will nicht. Voltigieren ist Mogelreiten. Michi will aber richtig reiten.

„Voltigieren ist eine prima Vorschule zum Reiten“, erklärt Beate. „Du bekommst ein Gefühl für die Pferde, und die Pferde gewöhnen sich langsam an dich.“

Michi schaut fragend zu Papa und Mama. Sie nicken ihm aufmunternd zu. Vielleicht will er ja doch.

Michi ist wirklich ein super Turner und ein guter Voltigierer. Das sieht Beate auf den ersten Blick. Den Aufschwung schafft Michi mit links. Mensch, das macht ja richtig Spaß! Und geht viel zu schnell vorbei.

Aber Beate muss weiter. Zur nächsten Aufführung. Der Reiterhof hat nämlich auch eine Voltigiergruppe mit Behinderten. Damian ist einer, der ganz schlecht laufen kann. Aber dafür kann er prima voltigieren, findet Michi.

Doch dann stürzt Damian beinahe vom Pferd. Michi ist sofort da und hilft ihm. Er bleibt einfach bei Damian, gibt ihm die Hand, läuft neben dem Pferd her und redet ihm gut zu.

Damian strahlt. „D-d-anke“, stottert er.

„Super, Michi“, freut sich Beate. „Das hast du toll gemacht! So jemanden wie dich könnte ich gut gebrauchen. Meinst du, du kannst mitmachen bei uns – als Helfer?“ Sie zögert und fügt hinzu: „Ich könnte dir als Bezahlung eine Reitstunde pro Woche vermitteln.“

„Au ja!“ Michi ist begeistert. Das Helfen hat ihm so schon Spaß gemacht. Und mit der Aussicht auf echte Reitstunden natürlich noch viel, viel mehr.

Als sie zurückradeln, sagt Michi zu Papa und Mama: „Ich glaube, das wird in diesem Jahr der beste Geburtstag aller Zeiten.“

„Wir sind stolz auf dich“, sagt Mama.

„Nein, der beste Geburtstag *aller*, *aller* Zeiten“, sagt Michi und kann die Tage bis zum nächsten Voltigieren und Helfen und natürlich auch bis zu seiner ersten Reitstunde kaum abwarten.

Als sie zu Hause sind, packt Michi endlich seine Geschenke aus. Von Papa und Mama bekommt er eine Reitkappe und von Oma einen Putzkasten. Jetzt kann es wirklich losgehen!

Unerwartete Belohnung

Damals, als Buffalo Bill noch lebte, wohnte in einer Stadt am Rand der Prärie einmal ein alter Mann, der nannte sich Smith, einfach nur Smith. Früher war er einmal Cowboy gewesen, doch dann war er zu alt für diesen Beruf geworden. Weil er aber Pferde über alles liebte, nahm er eine Stelle als Knecht in einem Mietstall an. Dort stellten fremde Besucher ihre Pferde unter. Doch als die Stadt an eine Eisenbahnlinie angeschlossen wurde, kamen fast alle Fremden mit dem Zug. Der Stall blieb meistens leer, und Smith hatte fast nichts mehr zu tun.

Eines Abends galoppierte ein finster aussehender Mann die Hauptstraße entlang. Vor dem Mietstall brachte er sein Pferd zum Stehen und sprang mit einem Satz aus dem Sattel. Er warf Smith die Zügel zu und fragte ihn mit barscher Stimme: „Bist du pünktlich?“

SMITH
HORSES

„Pünktlicher als die Kirchturmuhr“, antwortete Smith.

„Und zuverlässig?“

„Zuverlässig wie ein neues Lasso.“

Der Fremde schien mit den Antworten des Stallknechts zufrieden zu sein. Er versprach ihm ein gutes Trinkgeld und befahl ihm, am nächsten Morgen mit dem Glockenschlag um acht das gesattelte Pferd für ihn bereitzuhalten. „Zuverlässig und pünktlich!“, fügte er mit drohender Stimme hinzu.

„Zuverlässig und pünktlich“, versprach Smith. „Ehrenwort.“

Das fremde Pferd war eine hübsche Fuchsstute. Ihre beiden dunklen Augen schimmerten so unergründlich wie zwei tiefe Bergseen, und ihr Fell glänzte wie reine Seide. Smith nahm ihr den Sattel ab, gab ihr Futter und Wasser und striegelte ihr gründlich den Schweiß aus dem Fell.

„Du bist schöner als alle Pferde, die ich jemals vorher gesehen habe“, flüsterte er ihr zu. Daraufhin prustete ihm die kleine Stute mitten ins Gesicht.

Es wurde Nacht. Der Mond stieg über den Hügeln auf, und Smith konnte nicht einschlafen.

„Ich könnte ein wenig spazieren gehen und die Stute mitnehmen“, überlegte er. „Ihr Herr wird schon nichts dagegen haben.“

Smith zog ihr ein Halfter an und führte sie aus dem Stall. Er lief mit ihr auf der Straße entlang und am Friedhof vorbei, hinaus aus der Stadt und mitten hinein in die mondbeschienene Prärie.

Smith lief und lief. Nach einer Weile taten ihm die Füße weh.

„Du hast bestimmt nichts dagegen, wenn ich mich auf deinen Rücken setze“, sagte Smith zu dem Pferd.

Er führte es zu einem Stein und kletterte auf den Pferderücken. Als er losritt, fühlte er sich auf einmal wieder jung.

Die alten Cowboylieder fielen ihm wieder ein. Er sang sie laut und ein bisschen falsch, aber das störte ihn nicht und die Stute störte es auch nicht. Von einer kleinen Anhöhe aus genoss Smith den Sonnenaufgang.

„Du gefällst mir“, flüsterte er dem Pferd zu. „Ich glaub, ich hab mich in dich verliebt.“

Er ließ es eine Weile grasen und schlief dabei ein. Seinen Auftrag hatte er völlig vergessen.

Der Fremde hatte die Nacht im Hotel verbracht. Er war kurz vor acht Uhr aufgestanden und hatte gefrühstückt.

Danach hatte er die Straße überquert und die Bank betreten. Dort hatte er dem Kassierer den Revolver unter die Nase gehalten und einen Sack voll Geld verlangt. Nachdem ihm der Kassierer den Geldsack ausgehändigt hatte, war der Bandit hinausgeeilt und mit dem Sack auf dem Rücken zum Mietstall gerannt. Dort stellte er mit Entsetzen fest, dass sein Pferd verschwunden war. Der Stall war leer. Weit und breit war kein Pferd zu sehen. Doch bevor er sich von seinem Schrecken erholen konnte, kam der Sheriff und verhaftete ihn.

Als Smith gegen Mittag das Pferd zurückbrachte, saß der Räuber schon längst im Gefängnis, und die Bank hatte ihr Geld zurück.

„Es ist gut“, dachte Smith glücklich, „dass auch die pünktlichste Kirchturmuhr manchmal nachgehen und das neueste Lasso manchmal reißen kann“, als ihm die Bank zur Belohnung die Stute schenkte.

Der Prinz und die Pferde mit den Teufelshörnern

Es war ein heißer Sommertag.

Stolz schritt Prinz über seine Weide. Er schnaubte und ließ die Mähne im Wind flattern. Er wusste, die Kühe auf der Nachbarweide sahen ihm zu. Sie beneideten ihn. Sie hätten auch gerne so viel Platz gehabt. Und so eine schöne Mähne wünschten sie sich ebenfalls.

Sie standen zu fünft auf ihrer Weide. Ständig zankten sie sich um die besten Futterplätze. Prinz dagegen hatte die ganze große Weide für sich alleine.

Er musste auch nicht altes Regenwasser aus einer Badewanne trinken wie die Kühe. Oh nein. Quer durch seine Wiese sprudelte ein kleiner Bach mit köstlich kühlem Bergwasser.

Das Trinkwasser der Kühe wurde an so heißen Tagen wie heute in der Wanne viel zu warm. Es schmeckte dann gar nicht mehr erfrischend. Prinz stellte sich mit allen vier Hufen in seinen Bach und hielt das Maul ins Wasser.

Hm! Das tat gut. Er schüttelte den Kopf und spritzte mit den Wassertropfen. Er hatte ja genug davon.

Aber obwohl Prinz eine herrliche Mähne besaß und einen sprudelnden Bach, beneidete er die Kühe. Denn sie waren zu fünft und er war allein. Immer. Außer sonntags, wenn sein Herrchen kam, ihn einmal sattelte und mit ihm ausritt.

Ein bisschen fürchtete Prinz sich auch vor den Kühen, denn sie hatten Hörner. Für ihn sahen sie aus wie Teufel.

Um den Apfelbaum am anderen Ende ihrer Weide beneidete er sie. Gern hätte er einmal von den grünen Äpfeln probiert.

Aber heute war ein besonderer Tag, denn Berta, die dicke Milchkuh, sprach zum ersten Mal in ihrem Leben ein Pferd an.

Und das machte sie so: Sie stellte sich vor dem Zaun auf, sah Prinz an, nickte einmal, hob den Kopf und sagte: „Hallo,

Prinz! Ich heiße Berta. Wenn du mir von deinem frischen Wasser gibst, bekommst du von mir einen Apfel."

Ihre Worte waren nett gemeint. Aber Prinz verstand nur: „Muhh! Muuuhhh!"

Zur Antwort rief er ängstlich: „Tu mir nichts, ich tu dir auch nichts!"

Für Berta hörte sich das so an: „Wiiihh, Brschup, Wiiihhh!"

„Du bist zwar schön", sagte Berta, „aber auch ein bisschen blöd. Ich verstehe kein Wort von dem, was du sagst."

Wieder hörte es sich an wie: „Muuhhh!“
Dafür erschienen ihre Hörner Prinz immer bedrohlicher.

„Sie will mich stechen“, dachte er und floh in die äußerste Ecke seiner Weide. Ganz dicht drückte er sich dort an den Zaun.

Berta fühlte sich dadurch ermuntert. Sie muhte zu den anderen: „Seht nur, er lädt uns ein. Kommt, hier ist der Zaun so wackelig, gemeinsam kippen wir ihn um! Dann können auch wir frisches, kühles Wasser trinken.“

„Am besten bringen wir dem schönen Prinz ein paar Äpfel mit, dann freut er sich!“, rief Bertas Schwester Anneliese. Gleich sammelte sie unter dem Baum Äpfel auf. Aber ihre Vorfreude auf das kühle Wasser war so groß, dass sie die Äpfel auch gleich auffraß.

Berta und ihre Freundinnen drückten den Zaun ein und schon standen sie auf Prinz’ Wiese.

Prinz zitterte vor Angst. Er wieherte:

„Hilfe! Die Pferde mit den Teufelshörnern kommen! Sie wollen mich stechen!“ Aber die Kühe taten ihm nichts.

Anneliese kam mit einem Apfel im Maul auf Prinz zu. Prinz fürchtete sich sehr, weil er nicht verstand, was sie von ihm wollte.

Aber dann rollte sie den Apfel vor seine Hufe und er begriff: Die Kühe sind keine Teufel. Sie piksen ihn nicht mit ihren Hörnern. Nicht einmal aus Versehen.

Seitdem hat Prinz' Herrchen den Zaun schon oft repariert. Aber immer wieder reißen die Kühe ihn ein und Prinz ist nicht mehr allein.

Ausritt mit Folgen

Vanessa und Marie machen heute einen großen Ausritt. Ihr Reitlehrer, Herr Brune, hat ihnen erlaubt, ein paar Stunden wegzubleiben. Vanessa freut sich ganz besonders auf den Ausritt, weil sie heute Wolke reiten darf. Wolke ist nicht nur wunderschön mit ihrem dunkelbraunen Fell und dem weißen Stern auf der Stirn, Wolke schwebt auch regelrecht. Alle Reitschüler reißen sich darum, Wolke reiten zu dürfen.

Es ist ein wunderbarer Morgen. Die beiden Mädchen galoppieren der Sonne entgegen, die Wiesen fliegen vorbei. Juhu! Auf einer Lichtung wollen sie eine Pause machen, sie haben sogar beide Proviant dabei.

Vanessa und Marie satteln die Pferde ab und lassen sie grasen, selber genießen sie die Sonne und ihre Brötchen. Was für ein schöner Tag! Doch er geht viel zu schnell vorbei.

Als sich die beiden auf den Rückweg machen, wird Wolke plötzlich langsam. Außerdem schüttelt sie sich so seltsam.

„Was ist denn los?“, fragen sich die beiden Mädchen. Sie tätscheln Wolke vorsichtig. Ausgerechnet Wolke! Jetzt bleibt sie sogar stehen und zittert noch stärker. Die Mädchen bekommen richtig Angst um Wolke.

Da hat Vanessa einen Verdacht. Sie haben nämlich erst neulich im Reitunterricht durchgenommen, dass bestimmte Pflanzen schädlich oder sogar giftig für Pferde sind. „Eibe, Buchsbaum, Goldregen“, flüstert sie vor sich hin. „Schöllkraut, Wolfsmilch, Liguster …“

Marie erschrickt. „Meinst du, Wolke hat eine giftige Pflanze gefressen?“ Vanessa zuckt mit den Schultern. Sie steigen ab und führen ihre Pferde zum Stall zurück, um Wolke zu schonen.

Vanessa und Marie gehen direkt zu Herrn Brune. Der sagt nach ihrem Hinweis: „Es könnte wirklich eine Vergiftung sein, so wie es Wolke geht. Hat sie, während ihr Rast gemacht habt, etwas gegessen, was sie nicht durfte?“

Die beiden gehen in Gedanken noch einmal den ganzen Ausritt durch. Besonders die Rast. Aber ihnen sind nirgends giftige Pflanzen aufgefallen.

Da nimmt Marie kurzentschlossen ihr Fahrrad und sagt: „Ich bin in einer halben Stunde zurück.“

Sie radelt so schnell sie kann zu der Lichtung, auf der sie Rast gemacht haben. Gut, dass sie im Reitunterricht die giftigen Pflanzen auch gezeigt bekommen haben. Marie sieht sich an der Stelle um, wo die Pferde gegrast haben. Da findet sie den abgerissenen Zweig einer Eibe. Das kann doch nicht wahr sein! Sie bricht ein Stück ab, dann schwingt sie sich auf ihr Fahrrad und fährt schnell zurück.

Der Tierarzt ist inzwischen schon bei Wolke. Er sieht sie sich mit besorgter Miene an und gibt ihr eine Spritze. Vanessa und Marie bleiben bei Wolke, solange sie können. Wolke schwitzt jetzt stark. Immer wieder trocknen sie sie ab und reden ihr gut zu. Nachts löst sie eine Tierpflegerin ab, die Herr Brune extra für eine Nachtwache bestellt hat. So können die Mädchen einigermaßen beruhigt nach Hause gehen.

Nach zwei Tagen geht es Wolke wieder gut! Was für ein Glück! So erleichtert waren Marie und Vanessa noch nie.

Da fällt Marie etwas ein. Aus einem Buch kopiert sie Fotos der giftigen Pflanzen und hängt sie im Stall ans Schwarze Brett: „Davon können Pferde sich vergiften!“, schreibt sie darüber. Das haben zwar vermutlich alle mal irgendwann gelernt, aber ein bisschen Erinnerung schadet ja nicht.

Sofie kommt aus ihrer Reitstunde und fragt: „Seid ihr ein Pferdeklub?“

„Nein“, sagt Vanessa. „Wir fühlen uns nur verantwortlich für die Pferde.“

„Eigentlich ist das mit dem Klub eine gute Idee!“, sagt Marie und grinst.

Ein paar Tage später machen die frisch gebackenen Pferdeklub-Mitglieder wieder einen Ausritt – mit Wolke! Aber dieses Mal passen sie auf. Und wie!

Das Geschenk

„Verdammt noch mal!“, flucht Trapper Joe Berry, als er am Morgen aufwacht. Da hat doch so ein verflixter Indianer sein Pferd gestohlen! Seine alte, treue Isabella! Und das, wo er allein mitten in der Wildnis ist. Ohne sie ist er hier ganz schön aufgeschmissen.

„Wenn ich die verfluchte Rothaut erwische, die mir meine Isabella geklaut hat, dann rupfe ich ihr jede Indianerfeder einzeln aus!“, schimpft er wütend. Doch nach dem Frühstück sieht alles schon wieder ganz anders aus.

„Was soll's“, überlegt Joe, „ich mache hier einfach weiter, bis ich so viele Felle habe, wie ich tragen kann. Und dann muss ich eben in die Stadt zurücklaufen.“ Mit zwei schweren Eisenfallen macht sich Joe auf den Weg. Zu Fuß, versteht sich. Die erste Falle hat er schon ausgelegt, als er ein verdächtiges

Geräusch hört. Jemand ist hinter ihm! Bestimmt ein Indianer! Joe wirbelt herum. Der Rothaut wird er es aber zeigen! Joe erstarrt: Das ist ja überhaupt kein Indianer, sondern ein riesiger Grizzlybär, der sich brüllend aufrichtet. Für eine Sekunde bleibt Joe wie angewurzelt stehen, dann läuft er los. Hinter ihm knacken die Zweige. Joe rennt um sein Leben.

Als er zum Fluss kommt, springt Joe, ohne lange zu überlegen, in den reißenden Strom.

Erst als er mit den Füßen im Wasser keinen Halt mehr findet, fällt ihm ein, dass er ja gar nicht schwimmen kann!

„Hilfe!", schreit er. „Hiiilfe!"

Dabei schluckt er eimerweise Wasser. Er prustet, hustet und wird von der Strömung immer weitergerissen.

Vergeblich versucht er, seinen Kopf über Wasser zu halten. Doch der Strom wirbelt ihn kopfunter im Wasser herum. Joe wird schwarz vor Augen.

„Bestimmt bin ich im Himmel“, denkt Joe Berry, als er wieder zu sich kommt. „Oder in der Hölle!“

Er schaut sich um. Es sieht weder wie der Himmel noch wie die Hölle aus. Joe liegt im Halbdunkeln auf einer Büffeldecke. Durch eine runde Öffnung über ihm kann er ein Stück Himmel sehen. Er ist in einem Zelt.

Ein Indianer beugt sich zu ihm herunter und flößt ihm etwas Suppe ein. Tut das gut!

„Besser?“, fragt der Indianer und lacht.

Joe nickt. „Danke!“, murmelt er.

Zwei Tage später ist er schon wieder auf den Beinen.

Mit seinem neuen Freund Starker Bär raucht er die Friedenspfeife.

„Ich werde dir nie vergessen, dass du mir das Leben gerettet hast!“, verspricht Joe gerührt. Starker Bär war am Fluss, um Lachse zu fangen, als er ihn im Wasser vorbeitreiben sah. Trotz der gefährlichen Strömung ist Starker Bär sofort in den Fluss gesprungen und hat Joe an Land gezogen!

Starker Bär legt die Pfeife zur Seite.

„Zum Zeichen unserer Freundschaft habe ich ein Geschenk für dich!“, sagt er bedächtig.

„Aber nein! Nicht doch!“, ruft Joe. „Du hast mir doch schon das Leben gerettet. Das ist mehr als genug. Im Gegenteil: Wenn, dann müsste ich dir etwas schenken!“

„Spar dir deine Worte!“, sagt Starker Bär und klatscht schmunzelnd in die Hände.

„Ich kann dein Geschenk unmöglich annehmen!“, beteuert Joe noch, als ein Indianerjunge ums Tipi herumkommt. Am Halfter führt er ein Pferd.

„Das gibt es doch gar nicht!“, ruft Joe und springt auf. Plötzlich hat er nicht übel Lust, seinem Freund die Federn auszureißen. „Das ist meine Isabella! *Du* hast sie also …“

Starker Bär unterbricht ihn: „Ich sehe, du hast schon einen Namen für dein neues Pferd! Das freut mich! Im Übrigen: Es ist ein gutes Pferd!“

Joe schluckt.

„Ja! Vielen Dank!“, stammelt er und grinst verlegen. „Es ist wirklich ein sehr gutes Pferd!“

Dann platzen die beiden Freunde los und lachen so laut, dass die anderen Indianer neugierig aus den Zelten gucken.

Quellenverzeichnis

S. 9 –15
Elisabeth Zöller, *Der Pferdeklub im Einsatz*, aus: dies., Leselöwen-Pferdeklubgeschichten, farbig illustriert von Irmgard Paule.

S. 16 – 24
Henriette Wich, *Opas Geschenk*, aus: dies., Leselöwen-Reitstall-geschichten, farbig illustriert von Jutta Knipping.

S. 25 – 30
Elisabeth Zöller, *Tim lernt reiten*, aus: dies., Leselöwen-Pferdeklub-geschichten, farbig illustriert von Irmgard Paule.

S. 31 – 39
Henriette Wich, *Die letzte Rettung*, aus: dies., Leselöwen-Reitstallgeschichten, farbig illustriert von Jutta Knipping.

S. 40 – 44
Elisabeth Zöller, *Drei Streithähne*, aus: dies., Leselöwen-Reit- und Voltigiergeschichten, farbig illustriert von Anne Wöstheinrich.

S. 45 – 52
Elisabeth Zöller, *Der Pferdeklub rettet das Sommerfest*, aus: dies., Leselöwen-Pferdeklubgeschichten, farbig illustriert von Irmgard Paule.

S. 53 – 59
Elisabeth Zöller, *Jola ist krank*, aus: dies., Leselöwen-Reit- und Voltigiergeschichten, farbig illustriert von Anne Wöstheinrich.

S. 60 – 66
Elisabeth Zöller, *Die Pferdezeitung*, aus: dies., Leselöwen-Pferdeklub-geschichten, farbig illustriert von Irmgard Paule.

S. 67–74
Henriette Wich, *Überraschung beim Ausmisten*, aus: dies., Leselöwen-Reitstallgeschichten, farbig illustriert von Jutta Knipping.

S. 75 – 85
Beatrix Mannel, *Pferdetänze*, aus: dies., Leselöwen-Reitschul-geschichten, farbig illustriert von Rebecca Abe.

S. 86 – 94
Elisabeth Zöller, *Ein Pferdeklub für zwei*, aus: dies., Leselöwen-Pferdeklubgeschichten, farbig illustriert von Irmgard Paule.

S. 95 –102
Julia Boehme, *Kleiner Stern und Schwarzer Blitz*, aus: dies., Leselöwen-Wildwestgeschichten, farbig illustriert von Jan Birck.

S. 103–111
Henriette Wich, *Das weiße Zauberpferd*, aus: dies., Leselöwen-Reitstallgeschichten, farbig illustriert von Jutta Knipping.

S. 112–117
Elisabeth Zöller, *Kein Tag ohne Pferde*, aus: dies., Leselöwen-Pferdeklubgeschichten, farbig illustriert von Irmgard Paule.

S. 118–125
Klaus-Peter Wolf, *Jan passt auf*, aus: ders., Leselöwen-Pferdegeschichten, farbig illustriert von Irmtraut Teltau.

S. 126–131
Elisabeth Zöller, *Lea geht nur ein bisschen durch*, aus: dies., Leselöwen-Reit- und Voltigiergeschichten, farbig illustriert von Anne Wöstheinrich.

S. 132–139
Henriette Wich, *Der bockige Ottokar*, aus: dies., Leselöwen-Reitstallgeschichten, farbig illustriert von Jutta Knipping.

S. 140–147
Klaus-Peter Wolf, *Basta und Paulines Bombe*, aus: ders., Leselöwen-Pferdegeschichten, farbig illustriert von Irmtraut Teltau.

S. 148–155
Elisabeth Zöller, *Michi will wirklich reiten*, aus: dies., Leselöwen-Reit- und Voltigiergeschichten, farbig illustriert von Anne Wöstheinrich.

S. 156–163
Sigrid Heuck, *Unerwartete Belohnung*, aus: dies., Leselöwen-Cowboygeschichten, farbig illustriert von Gerhard Schröder.

S. 164–169
Klaus-Peter Wolf, *Der Prinz und die Pferde mit den Teufelshörnern*, aus: ders., Leselöwen-Pferdegeschichten, farbig illustriert von Irmtraut Teltau.

S. 170–178
Elisabeth Zöller, *Ausritt mit Folgen*, aus: dies., Leselöwen-Pferdeklubgeschichten, farbig illustriert von Irmgard Paule.

S. 179–185
Julia Boehme, *Das Geschenk*, aus: dies., Leselöwen-Wildwestgeschichten, farbig illustriert von Jan Birck.

Die 4. Stufe der Loewe Leseleiter

Loewe